Intets Änglar

FSC
www.fsc.org
MIX
Papper från
ansvarsfulla källor
Paper from
responsible sources
FSC® C105338

Max Andersson

Intets Änglar

Tack Inca,

Tack Karon,

1.

I skuggan under sin favorit björk satt Amina och räknade hur många moln himlen hade att erbjuda. Små, mjuka och lika vita som snö. De gjorde ingenting för att stoppa solens strålar. Vanligtvis var dessa sommardagar någonting som fick Amina att trivas. Ljus och värme var hennes vänner, men denna hetta var helt enkelt för mycket. Omöjlig att fly från och sådär obehagligt genomträngande.

Amina mådde nästan illa, det var så varmt.

Runtomkring henne sprang en massa myror och arbetade hårt. När hon var yngre roade sig Amina ofta med att ta död på de små liven. Under sina fingerspetsar eller med hjälp av diverse olika stenar. Amina hade dödat hundratals i sina dagar, om inte tusentals. Nu var hon dock äldre och far hade lärt henne ett och annat om dessa underbara små varelser.

Framförallt har han sagt att de inte var där för hennes underhållning. Som alla andra liv på denna grönblå planet. De hade ett syfte. Varenda enskild myra hade ett ansvar till sin familj och sitt samhälle. Dag in och dag ut byggde de ständigt på sitt bo. De hade inte något begrepp om trötthet eller utmattning. Inte heller kände de någon glädje, eller för den delen sorg. Far hade insisterat på detta faktum.

Känslor var en av människans gåvor, tillsammans med vårt intellekt. Det var just dessa egenskaper som separerade oss från djuren. Förmågan att bli glad över en gåva, eller den hemska känsla som kvarstår när någon kär försvinner från ens liv. Om Amina hade ett val skulle hon gärna blivit lite mer som myrorna. Känslor tyngde oftast bara ned. De korta slagen av lycka var ingenting jämfört med de långa perioderna av leda och rastlöshet. Kanske det var Aminas problem.

Ända sedan mor försvann kände hon knappt något. Endast Markus kunde få henne att le, hans dumma fasoner och löjliga talesätt. Det var bara när hon var med honom som Amina kunde tänka på annat.

Tankar som inte kretsade kring döden.

Amina sträckte sig ned mot marken och så försiktigt som möjligt plockade hon upp en av de många myrorna. Hon visste mycket väl att inte mycket kraft behövdes för att ta död på den. Och just idag var mord inte hennes mål. Det var mest sensationen hon ville åt. Sensationen av hur den sprang upp och ned längs hennes arm. Sensationen av hur den tappert försökte hitta sin väg tillbaka.

Att den lilla stackaren inte skulle ha några känslor lät så befängt. Amina kunde känna dess rädsla! Fylld av panik om inte fullkomligt skräckslagen. Myran hade trots allt goda anledningar att vara rädd. I jämförelse var Amina en jätte och om hon verkligen ville, kunde hon gå ut i skogen, leta rätt på myrstacken och bränna ned alltihop! Förinta alla de liv som där fann sitt hem.

Inte för att hon skulle. Amina förstod att en sådan destruktiv akt inte skulle få henne att må bättre. Som bäst skulle det få henne att tänka på annat för en sekund, men även om hon brände ned hela världen.

Det skulle inte föra mor tillbaka.

Bakom sig hörde Amina en bekant röst.

»Amina! var är du någonstans?« Det var Maria.

Amina tog en sista blick upp mot den bländande solen. Hon blåste ned myran mot marken och satte upp sitt långa hår bakom öronen. Hon reste sig upp och inom kort fick Maria syn på henne.

»Amina, just vart har du hållit hus hela dagen?« frågade Maria.

»Jag har varit ute i skogen och lekt.« sa Amina.

»Ute i skogen?«

»Ja... ute i skogen.«

»Kom med här, det är dags att äta.«

Maria tog tag om Aminas hand och drog med henne tillbaka mot huset. Maria hade sitt bruna hår uppsatt i en fläta och var klädd i samma gröna klänning och kritvita förkläde som alltid. Hon hade säkert spenderat flera timmar inne i köket och lagat mat. Ändå hade hon lyckats hålla sig själv fläckfri.

Amina tittade ned på sina egna kläder. Hennes bruna byxor och hennes vita blus, smutsig från topp till tå. Far skulle då inte bli glad över att se henne. Bara det faktum att hon bar byxor skulle vara nog för att störa honom. Amina började trots allt bli vuxen och alla vet att en dam bör klä sig i klänning eller kjol.

In genom ytterdörren, snabbt igenom köket och så ut i matsalen. Maria drog med Amina i en brådskande fart. Hon ville väl inte hålla far väntande.

Han satt redan vid sin sida av det långa bordet, utan att skänka så mycket som en blick åt dem två.

Maria tog sin plats på den motsatta änden och Amina, med sina fötter släpandes, satte sig på stolen mittemellan dem två. Far hade fortfarande på sig sin labbrock. Han hade arbetat nere i sitt laboratorium hela förmiddagen och, så fort han hade ätit klart skulle han förmodligen ned igen.

Amina hade inte haft tillfälle att byta ett endaste ord med honom sedan middagen igår. Hon försökte fånga hans blick. Hans ljusa hår kammat och hans mustasch perfekt rakad som en hästsko kring munnen.

»Hej far.«

»Hallå Amina,« sa far som han satt med sin blick fäst på maten, framförallt intresserad av Marias hemmagjorda korv. Kärleken han höll för dessa små groteska klumpar skulle Amina aldrig någonsin dela. Lyckligtvis hade Maria förberett en hel drös andra maträtter. Flera kilon av perfekt formade pannbiffar, en skål med grönsallad, en kastrull med gräddsås, och så bäst av allt. En hel form med potatisgratäng!

Om Amina fick bestämma skulle de aldrig äta något annat än potatis. Oavsett kokt, stekt eller som nu, bakad i en saftig gratäng. Amina kunde inte få nog av denna förträffliga rotfrukt. Rent rutinmässigt slöt Amina ihop sina händer ovanför sin tallrik. Hon blundade i väntan på att någon skulle säga bordsbönen.

Maria öppnade till slut sin mun och kom med ett tämligen dåligt förslag: »Amina. Din far och jag har talat, vi tänkte att du kanske vill säga bönen idag?«

Amina öppnade sina ögonlock och gav Maria en förbryllad blick. »Jag? Varför? Jag vet inte ens vad man ska säga.«

»Du behöver inte säga så mycket,« förklarade Maria. »Det du har på hjärtat räcker, det du är tacksam för.«

Vad hade gud givit Amina att vara så tacksam för? Om något var det väl gud som hade tagit mor ifrån henne. Lämnat Amina ensam med en fader som inte kunde bry sig mindre, och såklart hans älskarinna som brydde sig på tok för mycket.

»Okej,« sa Amina efter en kort tystnad. När allt kom omkring så var det bäst att inte tjafsa. Om hon vägrade skulle de bara bli sura. Hon slöt sina ögonlock och försökte tänka ut någonting bra att säga. »Tack gud för den mat som står på vårat bord... och tack till de djur och växter som givit deras liv så att vi nu kan äta. Amen.«

»Amen,« sa far, likaså Maria som genast kom med en invändning. »Var det allt du hade att säga?«

»Ja, vadårå?«

»Du sa ingenting om taket över ditt huvud, eller vad om dockorna på ditt rum? Du har så mycket att vara glad för! Om du bara visste hur svårt vissa har det.«

»Jag har också mycket att vara ledsen för.« Det var inte Aminas avsikt att reta upp Maria, men för varenda ord hon yttrade, ju mer missbelåten blev minen på Marias ansikte.

»Ibland kan du vara så otroligt bortskämd. Du ska bara veta...«

Far avbröt Maria genom att slå sin näve i bordet. Han hade hört tillräckligt. »Vi får ha den här diskussionen någon annan dag. Maten har redan börjat bli kall!«

Och med det sagt, räckte sig far över bordet och tog sig an fatet med korv. Med sina händer hävde han upp flera stycken av dem på sin tallrik.

Maria satt tyst med blicken fäst på sin tomma tallrik.

Amina reste sig upp och sträckte sig efter potatisen. Maria avbröt henne tvärt. På nolltid hade hon gått tillbaka till sitt vanliga jag. »Vänta lite, låt mig hjälpa dig.«

Aldrig fick Amina bestämma själv. Hon tog en klunk vatten som hon lutade sig bakåt och såg på hur Maria serverade henne mat. Fyra stycken pannbiffar med två slevar gräddsås och hälften av den korv far hade lämnat kvar. En sådan enorm massa kött, men knappt något av det Amina verkligen ville ha. Maria la endast upp en slev potatisgratäng tillsammans med några ynka grönsaker.

Till sig själv tog Maria nästan bara sallad, den minsta pannbiffen hon kunde hitta. Bara ett rejält lass med sallad. Om Maria kunde hoppa över den blodiga maten, varför var hon tvungen att övergöda Amina?

Varenda dag tryckte Maria på henne alltmer mat. Amina kunde inte minnas den senaste gången hon lämnat bordet utan att känna sig äckligt mätt.

Blotta synen av sin tallrik fick henne att må illa.

Far hade redan avslutat sin korv innan Amina ens hunnit ta en tugga av gratängen. Han gottade på som han ville bland de andra drivorna mat. En tugga av potatisen med en bit pannbiff, några salladsblad här och där och så en stor klunk vatten. Om inte annat så var maten oerhört god. Maria var sannerligen en bra kock.

»Så, har du haft det roligt idag?« frågade far.

Amina gav honom en genomskinlig blick. »Jag har varit ute i skogen och lekt,« svarade hon som hon tittade bort mot väggen. »Sen har jag nästan läst klart hela Fenix Ägget. Helt själv!«

»Du har suttit ute i skogen och läst?« frågade Maria.

»Ja, det stämmer.« Amina tog en tugga av pannbiffen, långsamt tuggade hon ned den för att vinna lite tid.

»Du hade ingen bok när jag kom och hämtade dig,« sa Maria. Allt för tydligt att hon inte trodde på Amina.

»Jag hade redan lagt tillbaka den i min bokhylla.«

»Verkligen? Så du menar att du satt ute i skogen och läste, kom tillbaka hem, hoppade över lunchen för att vadå? Gå ut i skogen för att leka med insekter?«

»Ja, precis!«

»Du ljuger inte för oss va?« frågade far.

Amina tittade upp på honom. Han var helt och hållet fokuserad på henne, maten på hans tallrik var så gott som slut. Far hade nästan ätit upp en hel måltid på tiden Amina knappt avslutat en endaste biff. Hon försökte tänka på en bra kontring. Tiden rann snabbt iväg. Ett av mammas talesätt fann sin väg genom Aminas huvud.

Ärlighet varar längst.

»Jag var hemma hos Markus. Hans mamma gjorde pannkakor till oss.«

En eld tändes bakom fars ögon. »Du var hemma hos Markus? Vad har vi sagt om dessa tonårspojkar?«

»Att jag inte får träffa dem.«

»Så vad tror du att du håller på med?«

Amina hade ingenting att säga, eller iallafall inget bra. Det var som att far ville hålla henne olycklig. Hon var en docka i hans samling, för evigt ensam i deras stora hus. Inte nog med att han själv inte hade någon tid för henne. Nu ville far ta Aminas enda vän ifrån henne.

»Snälla far. Jag fattar inte vad som är så illa...«

Far avbröt henne. »Det är tydligt att du inte förstår. Som du blir äldre Amina kommer allt vara klart för dig. Dessa pojkar är endast intresserade av en sak!«

Far fortsatte med sin utskällning, orden studsade av hennes sinne. Hon hade hört allt det här förut.

Tyst satt Amina och tittade sig omkring. Hon kollade bort mot Maria som, i ett försök att låtsas som inget, tryckte i sig sin sallad.

»Kolla på mig när jag pratar med dig!« vrålade far.

Amina gjorde som han sa. »Det är faktiskt du som inte fattar. Snälla far lyssna på mig, Markus är snäll! Han bryr sig inte om jag bett mina böner eller inte. Allt han bryr sig om är att jag är glad. Ingenting annat!«

Far suckade, han skakade på sitt huvud och började igen spy ut nedvärderande fraser mot henne.

Med sina ben skakandes ställde sig Amina upp och hann nästan ta sig hela vägen till köket innan far reagerade. Han reste sig upp och greppade tag om hennes arm. »Just vart tror du att du är på väg?«

»Jag tänker gå hem till Markus,« snyftade Amina. »Jag vill inte bo kvar här längre.«

Far släppte lös ett skratt. »Det kommer inte på frågan. Gå upp till ditt rum Amina. Du har mycket att tänka på.«

»Nej, släpp mig!«

Desperat försökte Amina få loss sin arm från fars grepp, men desto mer hon kämpade, desto hårdare höll han tag. Maria fann nu äntligen mod att tala. »Hon har ju knappt rört sin mat Rupert. Hon måste äta upp innan hon får lämna bordet.«

Far höll upp sitt pekfinger mot henne. »Du ska vara tyst kvinna! Hon kan gärna få gå till sängs hungrig ikväll. Kanske det får henne att förstå vad hon har gjort!«

Mitt i allt kaos lyckades Amina bända loss sin arm från fars grepp. Hon tog ett till steg mot köket när far igen grep tag i henne.

Han vände Aminas kropp mot sig, lyfte upp sin ena handflata och släppte lös.

Rakt över kinden.

En gång till över den andra.

Denna gång hårdare.

Som en piskande vind i regnet. Ett par sekunder gled förbi innan Amina insåg vad som hade hänt. Hennes kinder. Det var som han hade satt dem på eld!

»Gå upp till ditt rum Amina,« sa far. »Jag tänker inte be dig igen.«

Utan att ens tänka på det. Amina sprang bort från matsalen. In genom vardagsrummet, förbi huvudhallen och så fort upp för trappan att hon höll på att ramla.

Det var sällan som far gick så långt som att faktiskt slå henne. Dock kunde Amina minnas två tillfällen. En gång när hennes nyfikenhet hade drivit henne ned i laboratoriet, och så klart den senaste gången. Hon hade frågat ut honom om vad som hade hänt med mor. Mycket stod fortfarande oklart om hennes död. Amina hade inte sett något lik och det hade inte ens varit en begravning. Allt hon hade var fars ord om att mor var på en bättre plats, men inget mer.

Ingen orsak och inga svar.

Amina sprang in till sitt rum och la sig raklång på sin säng. Ansiktet begravt i kudden nu behövde hon inte hålla tillbaka längre, inte för att hon kunde. Tårarna flödade ut och fläckade ned det mjuka fabrikatet. Tankarna for fram och tillbaka i sådan fart att de krockade. Upp var ned och in var ut.

Utomhus stod solen fortfarande högt och dränkte hennes kropp i värme. Kanske Amina kunde rymma? Ifall hon bara kunde ta sig ut skulle hon vara vid Markus hus innan skymning. Den kommande morgonen, innan far och Maria ens hade märkt av hennes frånvaro, skulle Amina vara vid Hälsing.

Amina reste sig upp och tittade ut ur sin fönsterruta.

Nej. Planen var dömd att misslyckas, ifall hon skulle hoppa från en sådan hög höjd skulle hon bryta sina ben.

Timmarna gick och så småningom gick solen ned. Liggandes lågt på horisonten, himlens blå färg hade skiftat mot en alltmer röd karaktär. Likt hennes känslor, solen kunde gärna försvinna för gott! Dagarna var ju så långa och tomma på mening. På natten kunde hon iallafall sova. Drömma sig bort till dagar sedan länge förgångna, dagar då mor var vid hennes sida.

Amina satte sig upp i sin säng och tog från lådan i hennes nattduksbord fram ett gammalt fotografi. Trots att bilden inte var i färg sken mors lyster igenom. Hennes långa mörka hår, hennes krämiga hy och hennes guldbruna ögon. Vem som helst kunde se att Amina var hennes dotter, men hur den där gamla gubben kunde vara hennes far. Vad än mor hade sett i honom, det var en illusion som hade dött dagen hon gick bort.

Hon la bilden åt sidan och tog upp Milou, hennes favoritdocka. Olik alla de andra i Aminas samling, Milou hade realistisk hy och två gröna ögon som var mer livliga än hos de flesta människor. Milou var mer som en riktig bäbis än någon sorts docka.

Amina kunde minnas självaste ögonblicket som far gav Milou till henne. På Aminas födelsedag för nio år sedan. Far var så snäll och givmild på den tiden. Tillsammans med mamma brukade de ofta sitta ute i trädgården och leka hela dagarna.

Nu var Amina ensam.

Far hade aldrig någon tid för henne.

En lätt knackning hördes från dörren, följt av en dämpad fråga. »Amina. Ligger du och sover?« det lät som Maria. »Får jag komma in?«

»Nej. Gå iväg!« ropade Amina.

Maria brydde sig inte. Hon öppnade dörren och tog ett steg in, i sina händer höll hon tag om ett stort fat med potatisgratäng. »Ursäkta att jag stör. Jag tänkte att du kanske var hungrig.«

»Inte speciellt, jag är fortfarande mätt från allt kött,« ljög Amina. Hennes mage kurrade så högt att det lät som att den skrek.

Med ett osäkert leende på läpparna. Maria ställde ned maten på skrivbordet och satte sig ned på sängen bredvid Amina. Försiktigt la Maria sin hand över Aminas kind. »Gör det ont?« frågade Maria.

»Jag har varit med om värre,« sa Amina. Märkena från fars händer brände något fasansfullt. Amina låtsades som inget. Så länge hon en dag får lämna detta fängelse kunde far gärna slå henne sönder och samman.

»Du ska veta att jag ogillar att se din far behandla dig så illa,« sa Maria.

Amina svarade snabbt. »Så varför gjorde du inget? Du bara satt där och tittade på!«

»Din far är en väldigt komplicerad person,« sa Maria och för en sekund blev hon tyst. »Berätta för mig om den här Markus. Vad är han för sorts person?«

»Äsch... det finns inte så mycket att säga. Han är en kompis bara. Någon i min egen ålder som jag faktiskt kan prata med. Du och far är inte alltid där och när ni är... ni är inte speciellt roliga.«

Maria brast ut i skratt. Det var inte ofta som hon skrattade, men när det hände så spred det sig snabbt. Hon rufsade till Aminas hår.

»Jag kan tänka mig att du känner så, men du, jag ska prata med Rupert. Jag ska se ifall jag kan övertyga honom till att låta dig spendera lite tid med den här Markus.«

»Han kommer inte lyssna. Far verkar typ tro att andra människor är djävulen.«

»Jo jag vet. Jag tänkte att vi kan bjuda över Markus på middag, låta din far se för sig själv att pojken inte alls är så hemsk som han tror.«

»Jag vet inte...« Maria kände inte far på samma sätt som Amina, hon förstod nog inte riktigt hur trög han kunde vara. »Tror du verkligen det kan fungera?«

»Utan tvekan,« svarade Maria.

En känsla Amina hade glömt bort hade återvänt. Med Maria på sin sida, kanske hon kunde återfå ett någorlunda normalt liv, fyllt med vänner bekanta och andra människor. Kanske Amina inte behövde vara ensam längre. »Seså,« fortsatte Maria. »Ät lite mat och gå sedan och lägg dig.«

Amina kunde inte hjälpa sig själv från att le. Maria var ju inte alls någon dålig person. Trots att hon ofta hade ett taskigt sätt att visa det. Maria brydde sig verkligen, och trots att hon aldrig kunde ta mors plats. Det var trevligt att ha henne där. Som en storasyster. Maria fanns alltid där! När hon reste sig upp för att lämna rummet omfamnade Amina hennes lår.

»Tack Maria. Tack för att du finns!«

2.

Trots att den redan var kall och osten sedan länge stelnat. Potatisgratängen satt verkligen fint. Amina hade inte anat hur hungrig hon i själva verket var. I mitten av alla känslor och det dumma tjafset var mat det sista hon hade tänkt på. Hon slickade tallriken rent, bytte om till sin pyjamas och la sig ned i sin säng.

Stirrandes upp i taket, Amina undrade om mamma var med henne på något vis. I formen av ett spöke eller sittandes på ett moln i himlen. Som Amina tänkte på det hela lät båda alternativen långsökta. Som någonting en far säger till sin dotter för att få henne att må bättre.

Amina försökte att inte tänka på det. Hon slöt sina ögonlock och inom kort försvann hon till drömmarnas land. De flesta nätter kunde hon ligga vaken flera timmar innan John Blund fann henne, men det var något speciellt i luften den kvällen. En sorts närvaro som höll henne trygg.

I sin dröm fann Amina sig själv sittandes på verandan. Den här gången var hon inte ensam. Far var där med henne. Arbetandes på något udda objekt. Amina sträckte sig närmare för att se vad det var, men som hon tog sig en mer noggrann titt blev det hela ännu mer oklart.

»Vad är det där?« frågade Amina.

»Du ska få den krona du alltid förtjänat,« sa far.

Han drog och vred i sin skapelse och som han äntligen blev klar kunde Amina se vad det föreställde.

Eller nja, iallafall ungefär.

Det var inte en krans av blommor och inte heller en krona av metall. Aldrig hade Amina sett ett sådant material förut. Purpurfärgat, strukturen påminde lite om en bikupa, hela skapelsen var täckt av pyttesmå hål. Ännu mer absurt, objektet stank avskyvärt. Som en kanna sur mjölk, eller en sorts blandning av ruttet kött och klor.

Far placerade objektet ovanpå Aminas huvud.

»Men varför?« frågade Amina.

»Du är vuxen nu,« sa far och såg djupt in i hennes ögon. »Det är dags för dig att be din bön!«

Bakom henne greppade någonting tag i Amina. Inte så mycket en person. Mer av en kraft. Hela Aminas kropp började krampa. Det kändes som någon drog bort henne från världen, in i en mörk och skuggig plats. Aminas rygg, armar och ben, hela hennes kropp kändes som att den skulle gå sönder i tusen bitar.

Till slut släppte kraften taget om henne. Bakom Amina talade en bekant röst i en hög och ytterst allvarlig ton. »Du är inte säker här, du måste försvinna!«

Amina vände sig om och stående där framför henne, i allra högsta person! Det var den familjära gestalten av hennes mor, fast inte riktigt. Kvinnan hade samma kroppstyp som hennes mor. Samma långa ben och samma långa, mörka hår, men hennes ansikte.

Hennes perfekt skulpterade ansikte. Det fanns inte där! Hennes ögon och näsa. Det var som att de aldrig någonsin hade existerat. Allt hon hade var en mun. Stor nog att svälja Amina hel.

»Mamma? Vad har de gjort med dig?«

Kvinnan räckte över en bild. Målad på en kolsvart bakgrund, det såg ut som en avbildning av solen, färglagd i en illröd skara.

»Spring,« viskade den ansiktslösa kvinnan.

Amina vände sig om, det var för sent.

Far var tillbaka med en jättelik spruta i sin hand. Han ryckte tag i Aminas arm och in i en av hennes vener körde han in den monstruösa nålen. Huden sprack som hon var gjord av gummi.

Amina vaknade genast till liv. Adrenalin pumpandes genom blodet och sängen dyngsur av svett. Mörkret låg som en tjock dimma utanför, men månen gav henne tillräckligt med ljus för Amina att lokalisera sina kläder från dagen innan. Hjärtat var på väg att stanna som Amina drog på sig sin blus. På hennes ena armveck, inte mycket större än ett insektsbett. Ett färskt sår i formen av en perfekt cirkel.

Amina tänkte tillbaka på sin mardröm.

En sådan störd blandning av fantasi och verklighet. Såret var placerat rakt där far hade injicerat henne, men det måste ha varit en slump. Far fanns ju ingenstans att bli funnen. Amina reste sig ur sin säng och sträckte sig efter omkopplaren för att knäppa igång lampan. Knappen gjorde ett ljud, men ljuset vägrade fungera. Hon försökte en andra gång, i och i snabb följd - ett tredje försök.

Far måste ha stängt av generatorn.

Utan att förlora någon mer tid. Amina ryckte upp dörren, skyndade sig ut genom sin korridor och så nedför trappan. Fokuserad på att inte ramla hjälplös, hon kunde knappt se golvet på våningen nedanför, men som hon tog det sista steget såg Amina en främmande man ståendes i hennes väg.

Inte för en sekund trodde hon att det var far.

Denna man var lång och magert byggd. Inte heller hade han ett ansikte, som mor i hennes dröm, fast mycket värre. Någon hade grävt ut hans ögon och lämnat mannen blind.

»H-hallå?« stammade Amina fram.

Mannen sa ingenting utan släppte istället ut ett argt läte som han sakta gick mot henne.

En röst inom Amina vrålade åt henne att springa, men hon kunde inte. Fastfrusen som en staty, Amina kunde inte röra så mycket som en muskel. För varenda hjärtslag kom han allt närmare. Amina insåg slutligen att det inte var en man. Det här var ett monster! Med sina armar utsträckta. Precis som han höll på att gripa tag om henne, återfann Amina kontroll över sin kropp.

Hon tog ett steg åt sidan, monstret missade och föll.

»Hjälp!« skrek Amina.

Ovanför, från toppen av trappan svarade en okänd röst hennes rop. »Här uppe Amina. Skynda dig!«

Så fort hon bara kunde kutade Amina tillbaka upp för trappan och såg snart att rösten tillhörde en pojke, några år äldre än henne själv och klädd i grå trasor.

Ett endaste grönt öga glimmade till i månljuset.

»Vem är du?« frågade Amina.

»Det är inte viktigt, lyssna på mig. Tiden är knapp...«

Hon avbröt honom. »Inte förrns du säger vem du är!«

Pojken suckade. »Jag är ett av din fars offer.«

»Min fars offer? Vad snackar du om?«

»En av din fars patienter om du hellre ser det så. Lyssna på mig, du måste...«

Amina avbröt honom igen. »Nej, du ljuger! Du är ett monster, precis som han där nere. Försvinn härifrån!«

Hon vände på klacken och sprang tillbaka in till sitt rum, i tron om att hon där kunde bli lämnad ensam. Dörren slog hon igen så hårt att den nästan lossnade från sin ram.

Till hennes skräck fann Amina en till främling.

Lång, oerhört lång och klädd i en mörk kostym med en hög hatt vilandes på huvudet. Ståendes vid fönstret, i sin hand höll han tag om Milou.

»Vem där?« frågade Amina.

»Det är en fin docka du har här, min unga dam.« Främlingen talade i en djup, nästan monoton stämma.

»Vem där?« frågade Amina igen, den här gången med mer styrka i hennes röst.

Han vände sig om. Främlingen ansikte var den mest horribla synen Amina någonsin hade sett. Lite som en häst, avlångt, men helt utan näsa. Liksom monstret nere i huvudhallen, någon hade berövat honom hans ögon, men ännu mer vrickat - tryckt in två juveler i hans skalle. Han tog av sig hatten och avslöjade en renrakad hjässa.

»Allt du behöver veta är att jag är din vän. Du kan kalla mig Gabriel.«

Djupt bugade han för Amina.

»Min vän? Och just hur kan jag lita på dig? Du ser ju ut som något sorts monster!«

Gabriel skrattade åt hennes skildring, ett udda läte, helt utan känsla och rytm. »Det gör mig ledsen att höra dig kalla mig för ett sådant ord. Jag är då inte något monster.«

Varenda fiber i Aminas kropp skrek åt henne att sticka. Kombinationen av hans höga gestalt tillsammans med de två juvelerna intryckta i skallen. Någonting hos honom verkade så sjukt omänskligt, men samtidigt indragande.

Amina stod kvar och lyssnade på honom tala.

»Precis som du själv, jag är blott ett av universums många barn. Jag är här för att du behöver min hjälp och jag vet att du har många frågor, men aftonen är tyvärr för ung. Finn din far Amina. Endast du kan hjälpa honom nu.«

»Var är han?«

»Uppe i tornet eller nere i källaren. Helt ärligt så vet jag inte,« sa Gabriel innan han vände sig om och tittade ut mot den stjärnfyllda himlen. »Månens ljus är verkligen starkt ikväll,« muttrade han för sig själv.

I en stormande fart for Amina tillbaka ut ur sitt rum. Hon hade hört tillräckligt. Endast orden om far klingade i hennes huvud. Hon var den enda som kunde hjälpa honom, men hur kunde hon? Amina visste ju inte ens var han befann sig.

Hon bestämde sig för att påbörja sitt sökande uppe i tornet. Amina hade många fina minnen av hur hon med far brukade observera universums många underverk från toppen av det gamla tornet. Med sin stjärnkikare hade far visat henne stjärnor flera miljontals kilometer bort. Kometer som aldrig någonsin skulle återvända och ett par stycken av de nebulosor vars natur inte ens forskare helt förstod sig på.

Deras observationer hade upphört dagen mor dog.

På vägen gick Amina förbi fars sovrum. Hon antog att det var osannolikt, men kanske far låg och sov. Det skulle inte ha varit första gången hon hade väckt honom mitt i natten. Dörren stod lite lätt på glänt, försiktigt kikade Amina in. Hon såg hans säng lika prydligt bäddad som alltid och ovanpå, såg hon en kvinna sittandes med sitt ansikte begravt i sina händer. Det lät som att hon grät.

»Ytterligare en halvdöd vålnad,« tänkte Amina. En del av henne ville gå in och försöka trösta kvinnan, men en större del ville inget annat än att leta rätt på far. Bilden av hur han vid sin stjärnkikare, låg blodig och död hemsökte hennes sinne.

Igen började adrenalinet pumpa och Amina sprang vidare upp till den långa spiraltrappan.

I vanliga fall skulle Amina aldrig vågat klättra upp för dessa trappor själv, iallafall inte så här sent. Mörkret, fukten och denna tystnad. Inte alls en hemtrevlig plats.

Ett par steg upp för trappan och hon hade lämnat värmen av hennes hem bakom. Månljuset fann ingen väg in, så Amina var tvungen att helt förlita sig på sin känsel. Hon förstod att hon borde sakta ned, men som hennes hjärta slog allt hårdare ökade hon sitt tempo. Om dessa monster hade jagat far upp hit så var tiden sannerligen knapp. Halvvägs upp för trappan, ljudet av stapplande steg komma henne allt närmare.

Högt uppifrån tornet, det måste vara far.

Det bara måste.

Stegen blev högre tills ljudet avtog, ett par meter ovanför henne.

»Hallå?« ropade Amina.

Inget svar.

Amina tog ett steg till då hennes ben krampade. Ett steg till och smärtan spred sig. Hennes ben och hennes armar. Det kändes som att en osynlig jätte drog sönder hennes kropp. Ur mörkret uppkom en röst. Tjock och nasal. »Försvinn från denna plats, lilla flicka. Försvinn!«

En puls stoppade Amina rätt i hennes spår. Trots att viljan var stark, hon kunde inte fortsätta. Utom kontroll föll hon bakåt nedför trappan.

Varenda steg som en tagg mot hennes kropp.

Amina föll flera meter innan hon lyckades kravla sig tag i trappans reling. I ren desperation släppte hon lös ett skri så högt som hennes lungor tillät. Hon kände tårarna bildas bakom hennes ögonlock. Gråtandes sprang Amina tillbaka nedför trappan.

Det dröjde inte länge innan hon stötte på en följeslagare - den enögda pojken. »Var inte rädd,« sa han och tog tag i Aminas hand. Tillsammans gick de nedför trappan och så in i huset. Med sina kalla händer kände pojken på Aminas panna.

En bula hade redan tagit form.

»Du måste lugna ned dig Amina,« sa pojken. »Om du fortsätter så här kommer du bara att skada dig själv!«

Pojken hade rätt. Hela Aminas kropp värkte, det var ett mirakel i sig att hon inte brutit nacken av sig.

»Dessa demoner vill skrämma dig,« fortsatte han, mer och mer ilsken för varenda ord han yttrade. »De vill pressa dig bortom dina gränser, driva dig till vansinne. Du kan inte låta dem vinna!«

»Vadå för demoner?« snyftade Amina som hon med sin blusärm torkade sina tårar.

»De är demoniska varelser. Självaste manifestationen av ondska. Högre än hus, skinn gjort av metall och med strålkastare som ögon.«

»Du menar den där typen med juveler i skallen?«

Pojkens ensliga öga spärrades upp. »Du har träffat en av dem?« Som om någon bevakade dem, pojken tittade sig omkring och efter en stund, tog han tag i Aminas hand. »Lyssna på mig. Vad än den där demonen må ha sagt till dig. Du måste försvinna härifrån Amina, innan det är för sent!«

Han försökte dra med sig henne nedför trappan. Amina drog emot. »Hur kan jag lita på dig? Jag vet inte ens vad du heter.«

Pojken log blygsamt. »Min mor brukade kalla mig för Roy, men den tiden är sedan länge förbi. Du kan kalla mig vad du vill.«

Nöjd med att ha fått ett svar. Amina repeterade hans namn i sitt huvud och följde med. Hand i hand gick de ned till den andra våningen. Konstverken mor för länge sedan dekorerat väggarna med hade fått en hel ny sida till sig. Precis som bilden Amina fick i sin dröm, de var alla avbildningar av flammor i regnbågens alla färger.

Som de gick förbi fars arbetsrum hans, så att säga, personliga bibliotek stannade Amina till. Förutom laboratoriet var biblioteket den enda delen av huset Amina inte fick befinna sig i. Vad än far höll hemligt där inne. Kanske det kunde vara henne till hjälp.

»Vänta en minut, jag vill kolla en sak,« sa Amina.

Hon öppnade dörren och tog en titt genom rummet. Möblerat med linje efter linje av bokhyllor. Far var minst sagt en lärd man. Hälften av böckerna på hyllorna var skrivna på ett språk som Amina själv inte talade. Den andra hälften innehöll avancerade termer som biologi, astronomi och antropologi.

Det fanns inte en endaste bok som Amina fann läsvärd. Ingen skönlitteratur och ingen poesi. Far var endast intresserad av kunskap i sin renaste form.

Allt annat var onödiga distraktioner.

I mitten av rummet var ett skrivbord beläget och ovanpå, ett tänt stearinljus. En liten droppe rann ned längs kanten. Bredvid låg en läderinbunden bok uppslagen. Skrivet i fars välskrivna handstil. Inlägget på sidan var skrivet den 27:e Januari 1932. Ett halvår sedan.

»Roy de Haven – 17 år – typ 1a.«

»Freja de Haven – 17 år – typ 1b.«

»Jag tror att du vill se det här«, sa Amina och vände sig mot Roy. »Ditt efternamn är ›de Haven‹ eller hur?«

»Ja, hur visste du det?«

Roy gick in i rummet. Amina räckte över journalen.

Han tycktes bubbla igenom texten oerhört snabbt, men efter en kort stund tittade han upp mot Amina med en frågande min på ansiktet. »Kan du läsa åt mig?«

»Kan inte du?« frågade Amina.

»Nej, jag fick aldrig lära mig...«

Aldrig skulle Amina ha gissat att Roy var illitterat. Hon hade tagit det för givet att alla människor i denna värld kunde läsa det språk som de talade. Far och Maria hade rätt i deras tjat om att hon ständigt skulle utveckla sin läs och skrivförmåga. Amina tog tillbaka journalen från Roy och läste högt.

»Operationen har misslyckats. Möjligheten att få sätta mina metoder i bruk på två tvillingar har mig alltid varit en dröm. Tanken var som följer. Använda pojken som visionär och flickan som tolk. Transformationen gick som planerat, men vid extraktion av pojkens visuella sinne gick flickan in i ett tillstånd av hjärtarytmi, vilket i sin tu resulterade i en hjärtinfarkt.

Maria lyckades stabilisera patienten, men jag har bestämt mig för att låta tvillingarna vila. En vecka efter operationen och flickan har ej återfått sitt medvetande.

Min hypotes: Bandet mellan tvillingar är starkare än något traditionell litteratur har pekat på. Utan andra alternativ skjuter jag upp deras fall till ett senare datum.«

Amina bläddrade vidare. Nästa sida beskrev en mer lyckad operation av en man vid namnet Gunnar Rönn, 37 år gammal och tillhörande gruppen 2b. Tydligen hade far ryckt ut ögonen ur mannen och tryckt upp ett glödhett järnrör i hans näsa. Amina kunde inte tro på det hon läste. Hon la boken åt sidan och tittade på Roy.

I den lilla gnuttan ljus såg hon Roy mer tydligt. Han kliade sig på huvudet samtidigt som han stod och grubblade på vad han just hade hört. Huden kring hans urgröpta ögonhåla var gröngult till färgen, men omkring det öga han fortfarande hade kvar var huden djupt blå.

»Är din syster okej?« frågade Amina.

»På sätt och vis, hon är hysterisk, men vid liv. Det var hon som skickade mig för att finna dig. Vi hade inte träffats på flera månader, du är allt hon bryr sig om.«

»Varför? Vad gör mig så speciell?«

»Jag har faktiskt inte en aning. Hon kallar dig för en ljusbringare, vad nu än det betyder.«

Bakom hördes ljudet av en bok som föll ned från en hylla, följt av två lätta steg. Amina sprang in bland hyllorna. Hon såg hur en liten flicka med tovigt hår försvann in bakom möbleringen.

Den lilla flickan hann inte långt.

»Kom hit! Jag har henne,« ropade Roy.

Amina skyndade sig tillbaka till skrivbordet och blev chockerad över att se Roy hålla flickan i ett strupgrepp. Han reste sig upp och höll flickans kropp framför sig. Han tog sig en mer noggrann titt och slängde ned flickan på golvet. »Hon har inget ansikte. Lika bra att vi avslutar hennes lidande här och nu.«

Från sin ficka tog Roy fram ett underligt järnrör. Föremålet såg lite ut som en sådan där bajonett soldater använder sig utav, fast mindre. Han hukade sig ned på knä och drog tag i flickans krage.

Vapnet höll han högt.

Redo att slå till.

»Vad gör du?« skrek Amina som hon sprang fram och separerade dem två. »Hon är ju bara en liten flicka!«

»Hon är ingen flicka längre. Din far har förändrat henne, han har givit hennes liv till demonerna. Hon är ett monster som du själv skulle säga.«

Amina hjälpte flickan upp på hennes ben och la sina armar kring henne. Flickans ansikte var förstört ned till grunden. Inte nog med att far hade tagit hennes ögon. Hennes näsa var borttagen och hennes hår, täckt av gröngult vax. Amina visste inte riktigt var hon skulle fokusera sin blick. Utan ansikte, det var svårt att se flickan som en person. »Mamma...« snyftade flickan.

»Hon vill ju bara tillbaka till sin mamma,« sa Amina. En känsla hon själv kunde relatera till.

Roy grubblade fram en fras fylld med svordomar. Sitt vapen höll han kvar vid. Amina tog tag i flickans hand och ledde henne ut ur rummet. Hon kom att tänka på kvinnan hon sett i fars sovrum. Det måste finnas en koppling mellan de två. Och om Amina inte tog tiden att föra denna flicka tillbaka till sin sörjande förälder, hur kunde hon själv hoppas bli återförenad med sina egna? Som de gick upp för trappan och kom allt närmare fars sovrum repeterade flickan sin enformiga fras allt högre. »Mamma... mamma... mamma!«

Roy följde efter. Noggrant tittade han sig omkring för varenda steg de tog. När de kom fram till sovrummet öppnade Amina dörren. Flickan sprang in och blev omfamnad av sin moder.

Båda helt överkomna av lycka.

Modern skrattade och grät som flickan skrek i extas.

För ett ögonblick stod Amina kvar och såg på. Hon försökte att känna någon sorts glädje för de två.

Återförenade efter vad som måste ha varit en lång period, men vad hade de egentligen att se fram emot? Två halvdöda vålnader - endast döden väntade i deras framtid, eller ännu värre - när Amina funnit sin far, kanske han ville ha dem tillbaka.

Modern fick syn på Amina. »Tack... tack för att du fört min Karolina tillbaka till mig.«

»Ingen orsak,« sa Amina och slängde igen dörren.

Bakom henne stod Roy och lekte med sitt bajonettliknade vapen. Han flippade omkring den i sin handflata som ett sorts jonglerings trick. En simpel rörelse, men icke desto mindre - en rörelse han måste tränat på länge. Han tycktes göra det hel utan att tänka.

»Är du nöjd nu?« frågade han snävt.

»Nej, inte än,« sa Amina och slängde en blick bort mot trappan. »Inte förrns vi hittat far och Maria.«

Roys stämma förändrades. Hans kroppsspråk var lika neutralt som alltid, men hans röst var fylld av vrede. »Du ska dö, lilla flicka. Du ska dö!«

»Vad sa du?« brast Amina ut.

»Jag sa att det är lönlöst,« sa Roy i sin vanliga röst.

»Nej, du sa att jag ska dö. Jag hörde dig!«

»Va? Nej...« Roy log. »Jag är här för att skydda dig, ingenting annat. Jag lovar!«

Han hade vid det här laget slutat leka med sitt vapen. Helt stilla stod han och stirrade på Amina som att hon hade stoppat in ord i munnen på honom. Hon måste väl ha hört fel. Hennes nerver var fortfarande oroliga.

»Glöm det,« sa Amina och gick mot trappan. »Vi måste röra oss ned mot källaren.«

»Han är inte där,« klagade Roy.

Tillbaka nere på den andra våningen, lutandes över relingen. I månljuset såg Amina hur monstret strök omkring i en cirkel. Roy ståendes vid hennes sida, även han granskade monstrets rörelse.

»Vänta här«, sa han och smög nedför trappan.

Amina hörde hur Roy nådde de knarrande stegen längst ned i trappan. Hon såg hur hans skugga växte sig större bakom monstret, hur han helt utan hämning körde in sin dolk i monstrets rygg och sparkade till mot dess vad. Monstret förlorade sin balans och i en väldig duns föll det framåt. Roy var snabb på att avsluta dess lidande. Han drog tag i monstrets krage och borrade in sin dolk i monstrets tomma ögongropar. En gång genom den vänstra gropen, sen i snabb följd den högra öppningen.

Kampen var över på nolltid. I triumf ropade Roy till Amina att hon skulle komma ned. Hon tvekade, den vålnad hon hade trott var ett monster, var i själva verket en ytterst trög individ. Den här Roy däremot. En halvdöd pojke hon precis träffat. Han verkade allt annat än trög.

Efter en kort stund väntan följde Amina efter honom nedför trappan. Från matsalen hördes ljudet av en skara människor som skrattade och sjöng, tillsammans med någon som halvdant spelade violin. Det lät som att en fest blivit anordnat mitt i alltihopa.

Amina försökte att inte tänka så mycket på det hela. Hon la istället sin uppmärksamhet på Roy.

»Var du tvungen att döda honom?« frågade Amina.

»Han var redan så gott som död. Jag gjorde honom bara en tjänst,« sa Roy, fylld av energi.

Liket från den ansiktslösa mannen låg raklångt på golvet. Trots att han inte hade ett ansikte, trots att han inte hade en röst. Hans lik skrek av rädsla.

Roy stod ovanför liket. Hans kläder täckta av sörja och hans ensliga öga glimrande i det dova ljuset. Han pekade mot farstun. »Det här är vägen ut, eller hur?«

»Ja men jag kan inte gå än. Inte utan far och Maria.«

»Jag lovade Freja att föra dig till säkerhet.« Roy tog tag i Aminas arm och försökte dra med henne ut genom farstun. Amina kämpade mot, men Roy var stark.

Vansinnigt stark.

»Låt mig va!« skrek Amina.

Roy lyssnade inte. Deras kamp resulterade i att Aminas blusärm revs sönder, men Roy brydde sig inte det minsta. Han lyckades dra med henne till ytterdörren när en, vid det här laget, bekant röst hördes bakom dem.

»Inte hon igen,« sa Roy och släppte taget om Amina. Han tog upp sitt vapen och gick in i huvudhallen. Karolina skyndade sig nedför att möta Amina, men allt som väntade var Roy. När hon endast hade ett steg kvar drog han omkull flickan och plockade upp henne.

»Gör det inte!« skrek Amina.

Roy ignorerade henne tvärt. Med Karolina i sin famn och dolken i sin hand angrep Roy sitt andra offer. Det bajonett-liknande vapnet var ett perfekt verktyg. Som med den ansiktslösa gubben, utan ansträngning körde Roy in sin dolk i Karolina. Den här gången, istället för att pierca hjärnan, så körde han in sitt vapen i halsen på den lilla flickan. Vapnet gick igenom flickans inre, men han nöjde sig inte med att bara döda Karolina. Som dolken gick igenom hennes hals drog han borta hela hennes huvud.

»Motus ad infinitum,« viskade han in i Karolinas öra, innan han drog ut vapnet ur det som kvarstod av hennes nacke. Fylld med ännu mer energi. Roy reste sig upp, tog tag om Aminas arm och tvingade ut henne i farstun. Låset för ytterdörren öppnade han i en singulär rörelse för att sedan slå upp dörren.

»Det är din tur nu,« sa Roy utan att röra sina läppar. »Åh, vad roligt vi ska ha det du och jag.« Samma tjocka, nasala röst Amina hade hört i tornet.

Täckt i månens ljus. Roys gråbleka hy glänste som porslin. Han drog Amina nedför vägen ledande mot Hälsing. »Släpp mig!« skrek Amina igen och igen. Med sin fira arm slog hon Roy så hårt hon bara kunde. Rakt mot den vävnad där njuren vanligtvis gömmer sig.

Roy verkade inte känna någon smärta.

Gång på gång försökte hon slå sig fri och mot alla odds stannade Roy och släppte taget om henne.

»Var inte upprörd Amina,« sa han med samma blygsamma leende över läpparna som när han hade talat om sin moder.

Han försökte säga någonting mer, men Amina hade hört nog. Hon tog tillfället i akt och slog honom rakt över hans fula lilla näsa.

Amina sprang tillbaka in i huset och smällde igen dörren. Med händerna skakandes rörde hon sig efter låset, men fingrarna ville inte lyda hjärnans direktiv.

»Lås dörren!« vrålade hon mot sig själv.

Rent mekaniskt, uppfyllde fingrarna hennes önskan.

»Som du vill,« lät en nasal röst bakom henne.

Amina vände sig om, men såg ingen alls.

3.

Från matsalen hörde Amina hur musiken spelade och hur människor sjöng. Det var ett ljud hon aldrig någonsin hade hört i sitt hem. Amina bestämde sig för att följa efter melodin. I ett språng tog hon fart och sprang på lätt fot bort mot vardagsrummet. Musiken blev högre och alltmer kaotisk. När hon stod utanför dörren hörde hon inget annat än de många stämmorna av sång och såklart, den dånande violinen. Hur nyfiken hon än må ha varit för en sekund sedan.

Nyfikenheten hade försvunnit illa kvickt.

Amina tänkte igenom det hela och bestämde sig för att inte gå in. Istället gick hon bort till köket och smög långsamt igenom till skafferiet. Det stod en läskig typ borta vid ungen. Svårt att se, men hans ansikte tyckets frånvarande. Inte för att det fanns något att vara rädd för, så korkade som Roy fick dessa vålnader att framstå.

Inne i skafferiet avtog ljudet från musiken och för första gången sedan hon vaknat, kände Amina att hon faktiskt var i sitt hem. Det här var tyvärr inte tiden för nostalgi. Först och främst tog Amina en lykta. Eftersom generatorn var avstängd var det förmodligen kolsvart nere i laboratoriet. I förrådet låg också fars skolväska. Olikt honom att bara lämna sina saker utan uppsyn.

Äsch. Amina klagade då inte.

Hon plockade upp väskan och dumpade dess innehåll ned på golvet. Till mesta delen fylld av papper. I botten låg även en spruta och en flaska som innehöll en grönaktig vätska. Ingenting Amina hade användning av.

Ned i väskan tog hon en låda med tändstickor och en liten dunk med lampolja. Ifall hon var tvungen att spendera en längre tid nere i källaren ville hon verkligen inte gå utan ljus.

Till sist tog Amina också det viktigaste av redskap.

En kniv. Den allra största av knivar!

Jämfört med Aminas hand såg den ut som ett svärd. Stort och tungt, ett sådant här svärd kunde användas för att dräpa drakar, men hur bisarrt allt än verkade. Amina tvivlade på att hon skulle finna några drakar där nere.

Hon tog sig an en kökshandduk, vek den varsamt omkring sitt nyfunna svärd och la ned vapnet i sin packning. Nu var hon redo att ta sig an Hades själv om han vågade visa sitt fula tryne, men först var hon tvungen att ta sig an det fula trynet i köket. Han bara stod där och svajade lite lätt med musiken. Inte alls hotfull, snarare tillfreds. Ingen som helst fara egentligen.

Hon lät honom förbli och istället, mot bättre vetande, bestämde sig Amina för att ta en snabb titt in i matsalen. Hon öppnade dörren försiktigt och på så långt avstånd som möjligt kikade hon in. Vem det var som spelade musiken kunde hon inte se, men i sitt synfält såg hon flera skepnader. Vissa talade med sig själva och andra med varandra. De var alla upptagna med sitt kalas.

Amina tog ett steg närmare.

Hon gick tillräckligt nära för att höra en diskussion mellan två individer som stod precis på andra sidan. Amina kunde inte se, men hon kunde höra.

»Tillvarons innersta väsen,« sa en skrovlig stämma, det lät som att individen knappt hade några lungor.

»Struntprat!« sa en mer mjuk röst, det lät som att denna individ knappt hade några stämband.

»Tillvarons väsen då?« sa den skrovliga stämman.

»Jag förstår inte vad du menar,« sa den mjuka rösten.

»Ja, men du vet, tillvaron!«

»Helt irrelevant.«

»Okej, men jag då?«

»Där har du har en poäng.«

Amina förstod inte alls vad de talade om, men vad dem än hade att säga hade ingen betydelse för henne. Hon hade sin familjs överlevnad att tänka på. Det enda av intresse fanns en våning ned, nere i den dunkla källarvåningen. Stegen låg dold under en matta. Amina rullade upp den tillräckligt för att öppna upp falluckan. Precis som hon hade anat, lamporna var släckta.

Amina fyllde sin lykta med lampolja, tände elden och klättrade nedför stegen. Sitt ljus i ena handen, tyngden av henne själv i den andra.

Källaren och tornet var allt som återstod av det slott som hade stått här flera hundratals år tidigare. De gamla väggarna hade säkert sett mycket i sina dagar. Amina undrade vad de skulle sagt om de hade en röst.

Hon behövde bara gå ett fåtal steg in i källaren för att, precis utanför dörren till själva laboratoriet, stöta på ett vidunder som taget från en mardröm.

En varelse ihopsatt av vad som måste ha varit lemmarna från ett flertal individer. Fastän vidundret låg ned, utbredd på stengolvet, så var det tillräckligt högt för att nå ögonhöjd med Amina. Med ett ojämnt antal armar och ben grovt hopsydda på en överbyggnad som knappast kunde vara mänsklig.

En krabba gjord av kött, muskler och fett. Inte alls som vålnaderna där uppe. De verkade på någon nivå ha ett syfte, en kvarglömd gnista av liv. Det här vidundret å andra sidan. Om något var det ett skämt. Ett hemskt dåligt skämt. Liggandes helt stilla, Amina undrade ifall vidundret kände någon smärta, om det hade känslor eller om det fanns något sorts medvetande kvar.

Amina kom snabbt till slutsatsen att denna skapelse inte var vid liv. Inte ens den kraft som fört dess existens tillbaka till världen kunde vara nog.

Varför skulle far ens skapa någonting så förfärligt?

Hon försökte sträcka sig över vidundret för att nå dörrhandtaget, men dess storlek var alldeles för massiv. Antingen kunde Amina krypa, knuffas eller klättra. Hon försökte med all sin styrka trycka bort vidundret, hennes händer grävde sig in i överkroppens massa. Även ifall Amina hade varit tre gånger så stark skulle hon haft svårt att förflytta vidundret. Bara lemmarna måste ha vägt flera hundra kilo, för att inte tala om överkroppen.

Inte skulle Amina krypa. Då skulle hon bli mosad under vikten och så småningom bli assimilerad av den massiva vålnaden. Hon tog istället tag i ett av benen fastsydda rakt ovanpå överbyggnaden och klättrade med relativ lätthet upp på vidundret. Aminas fötter sjönk ned ett par centimeter som hon satte sig ovanpå. Ifall hon reste sig upp kunde hon nudda taket. Vidundret gjorde ett underligt, morrande läte under hennes fötter och för varenda sekund hon satt där blev det högre. Amina sträckte sig efter handtaget i hopp om att dörren för en gång skull inte var låst.

Handtaget gick ned, men dörren var fast.

Sittandes i sin besvärliga position. Amina tillsatte hela sin egen vikt och efter ett tag började vidundret arbeta med henne. Det tillsatte en fraktion av sin vikt och så, Amina föll ned på golvet inne i laboratoriet.

I ett sus reste hon sig upp på sina ben, tittade tillbaka mot vidundret och sa, »tack!«

Vidundret kom inte med något svar, inte för att det hade en mun att tala med. Dock tycktes det röra på sig. Sakta, men säkert pressade det sin massiva kropp genom dörren. Amina visste inte ifall hon tyckte synd om vidundret eller om hon bara var äcklad.

Förmodligen en kombination av de båda.

Om det inte vore för lyktans ljus hade det varit beckmörkt och tomt nere i källaren. Det här var inte delen av laboratoriet där far genomförde sitt arbete. Här fanns bara ett ensligt skrivbord, ett par bokhyllor och några skåp.

Amina gick fram till skrivbordet för att se ifall far lämnat efter sig något av värde, när hon snubblade över Maria. Hon satt ned, vilandes mot skrivbordets kant, tillsynes medvetslös. Amina tog tag i hennes axlar, med en viss mjukhet försökte hon skaka liv i sin faders älskarinna.

»Vad är det som har hänt?« frågade Amina.

Maria svarade med obegripligt mummel.

»Du måste vakna!«

Lite hårdare tog hon tag om Marias axlar.

»Lyssna på mig,« Amina sökte ögonkontakt, hon fann ingen men fortsatte ändå. »Huset är fyllt av monster. Jag måste hitta far så att vi kan få bort dem.«

»Doktorn och hans fru...« mumlade Maria.

»Hans fru? Mamma!« tjöt Amina extatiskt.

»Ja... doktorn och hans fru...«

»Min mamma? Är hon här nu?«

Återigen föll Maria in i medvetslöshet.

Med iver rinnande igenom fingertopparna försökte Amina skaka liv i henne igen. Hon upptäckte snart att Maria blivit sårad, på hennes högra överarm hade hon ett djupt sår. Marias klänning var täckt av torkat blod. Amina satte sitt öra mot Marias bröst för att höra ett tecken på att hon fortfarande var vid liv.

Visst fanns det där, en rytm.

»Oroa dig inte, hon kommer att överleva,« sa en monoton stämma bakom dem. Amina vände sig om och där stod Gabriel, vålnaden som hade väntat i hennes sovrum.

»Hur kan du veta det?«

Gabriel böjde sig ned och slet sönder ärmen på Marias klänning, i ljuset av Aminas lykta inspekterade han såret. »Blodet har redan börjat koagulera. Det finns en risk för infektion, du har dock viktigare bekymmer. Ödsla ingen mer tid här.«

»Jag kan inte bara lämna henne!«

»Jag ser till att hon blir kry. Gå nu, min unga dam. Dina föräldrar har redan hunnit en bra bit in.« En mer nasal ton kunde höras i Gabriels stämma.

»Mina föräldrar? Mamma!«

Som med blixten flög Amina iväg och slet upp dörren som ledde ännu längre in i källaren. Rummet därpå, en lång korridor med två dörrar på vardera sida och en större dörr längst bort.

Amina hade inte en aning om var hon skulle börja, bäst vore det att bara dyka rakt in. Det första rummet, en förvaringsenhet, eller snarare en återvändsgränd. Likaså rummet på motsatt sida. De var fyllda av lådor med kirurgiska instrument, samt andra förnödenheter. Sprit, tyger och flaskor märkta med olika etiketter. Far var ju trots allt en läkare. Det var inte så underligt att han behövde denna sortens resurser.

Det tredje rummet var fyllt med stora vattendunkar. Det fanns även ett antal skjutjärn placerade prydligt inne i rummet. På väggen hängde två gevär och liggandes på ett bord, en revolver. Varför far skulle behöva sådan eldkraft förstod inte Amina. Hans patienter verkade ju inte bitas. Ja, förutom den där pojken. Roy de Haven.

Det fjärde rummet var bara rakt igenom groteskt. Ytterligare ett förvaringsrum, men här fanns ingenting för att rädda liv. Bara död och elände. På de perfekt linjerade hyllorna fanns ett antal stålbehållare märkta med personers namn. Amina ville inte ens föreställa sig vad de innehöll. Ännu mer oroande var de glasburkar som innehöll en grönaktig vätska tillsammans med det mest intima av sinnen. Ögon.

Framförallt så fanns det ett stort urval av bruna ögon, allt från mörka, nästan svarta, till mer av en gulbrun färg. Det fanns inte så många blå, och inte ett endaste par gröna. Milou hade gröna ögon...

För mycket tankar for omkring i skallen för Amina att hantera. Allt hon egentligen ville var att slita ned behållarna på golvet i ren och skär förtvivlan. Men vad om personen som de tillhörde fortfarande letade efter sina ögon? Varenda ett av dessa par hade ju varit en del av en människa.

Den sista droppen kom när Amina fick syn på tre stora behållare som stod i den bortre änden av rummet. De innehöll foster, inlagda i samma grönaktiga substans som ögonen. Två av dessa foster var oerhört små. De minsta barnen Amina någonsin sett. De hade utan tvekan dött innan de ens fått en chans att födas. Hon tröstade sig med tanken att de gått vidare innan de blivit gamla nog att känna smärta och förlust.

Det tredje fostret var någonting Amina aldrig skulle släppa. Egentligen inte ett foster, det såg ut som två småbarn hopsydda på en kropp med fyra armar och två ben. Barnet såg nästan naturligt ut, de små skallarna var i perfekt proportion till varandra, vilande ovanpå en tjock nacke. En noggrannare undersökning avslöjade dock att någon hade sytt på skallarna på kroppen. En avskyvärd, men skickligt utförd prestation.

Amina hade sett nog. Det var bara ett slöseri av tid att leta igenom dessa meningslösa rum. Det fanns bara en väg framåt. Rakt på.

Amina gick igenom korridoren och kom fram till ett stort och avlångt rum. Som ett sorts galleri, överallt runt henne stod en massa dockor. Både stora och små. Vissa var en fullvuxen människas storlek, andra var mer i Aminas höjd. Det fanns även ett antal lika små som Milou. Alla var lika autentiska som Milou för den delen.

De stora dockorna såg på fläcken ut som verkliga människor. Den enda skillnaden var att de alla såg lite för perfekta ut. Deras hår perfekt klippt, deras kläder i perfekt skick och deras ögon. Det kunde inte vara annat än riktiga ögon. Hade Amina varit några år yngre skulle det här ha varit hennes dröm. En stor dockaffär under hennes hem, men att få se vad far arbetade på här nere...

Amina hade viktigare saker att tänka på.

Längre fram i rummet hördes viskningar, genom alla profiler såg Amina två människor som stod ut från dockorna. Den ena en kvinna, den andre en man.

Mor och far!

Amina sprang fram till dem. Mor var klädd i en grå klänning. Det var endast hennes mun och hennes långa, mörka och stiligt kammade hår som fanns kvar för att vittna om hennes förgångna skönhet. Hennes ögon däremot hade blivit ersatta av ett grönt par, som hos Milou, men det här var ju mamma!

Inte någon docka.

»Vad gör du här?« frågade mor.

»Jag kom hit för att rädda far,« sa Amina.

»Vi har ju pratat om det här. Du får aldrig vistas här nere. Det är för farligt!«

»Men... men vad ska jag annars göra? Jag kan inte leva utan honom. Jag kan inte leva utan er!«

»Du kan inte leva här heller,« sa mor som hon gick fram för att möta sin dotter. Amina som vid det här laget var redo att explodera i ett hav av tårar. »Vänta uppe på ditt rum tills morgonen gryr. Gör sedan din väg till Hälsing, leta upp deras polishus och berätta för dem. Berätta för dem vad du sett här ikväll.«

Amina kunde inte se sin mor i ansiktet, men mor lyfte upp hennes haka och tvingade henne till ögonkontakt. Där inne. I hennes onaturligt gröna ögon kunde Amina se en flamma, ett ljus.

»Gå upp till ditt rum.« Mor gav sin dotter en kyss på kinden. Hennes läppar, kallare än is. »Jag har skickat en kamrat att hålla dig sällskap medan du väntar.«

»Jag kan inte. Förstår du inte att...«

Mor ignorerade sin dotter. Allt hon behövde var att nudda far för att få honom att resa sig. Amina stod kvar och såg på som mor ledde honom längre in i källaren.

Efter att inte ha träffats på så länge.

Var det allt hon hade att säga?

Far verkade bortom sitt medvetande. Aldrig skulle han blint följa med någon. Inte ens mor hade sådant inflytande på honom.

»Du kan inte bara lämna mig här!« ropade Amina. Ilskan fick hennes röst att svaja. »Mamma! Du måste ta mig med er.«

För en sekund stannade mor. Amina hade tydligen fått henne att känna någonting. Kanske en del av henne fortfarande fanns kvar där inne. Mammas själ, om den någonsin existerat. Den borde väl ha överlevt döden? Paralyserad av alla vimlande tankar, Aminas förnuft återkom när hon såg att mor redan hunnit bort till andra sidan av rummet. Mor öppnade dörren och ledde far längre in.

Amina sprang ikapp hennes föräldrar, men precis som hon nådde dörren, slog far igen den.

Bara några centimeter från sin dotters näsa.

»Djävla skit!« skrek Amina. Det bara brast ur henne. Far hade varit tydlig med att inte använda sådana ord för att uttrycka ilska. Det var bättre ifall man sparade på sina känslor och uttryckte dem när man hade tid.

Ännu fann det en person kvar i Aminas liv - Maria.

Mor hade alltid varit elak mot Maria, men far hade lovat Amina gång på gång att om hon behövde hjälp. Maria fanns där för henne. Dag som natt.

Annars kunde Amina alltid be?

Hon föll ned på knä och slöt ihop sina händer. »Gud. Jag vet att jag ber till dig på tok för lite, men jag behöver din hjälp mer än någonsin. Snälla... snälla ge min far och mor tillbaka! Om det här var någon sorts prövning...«

»Att be om saker och ting får ingenting att hända.« Gabriels röst igen. Han hade verkligen förmågan att dyka upp i rätt tillfälle, nu ännu mer nasal i sin ton. Vem var han egentligen? »Dina föräldrar rör sig allt längre in i laboratoriet medan du sitter här. Det finns inte någon gud som kan hjälpa dig här nere.«

»Och hur kan du veta det?« frågade Amina. »Om det finns någon som kan ställa allt till rätta, då måste det vara gud. Knappast är det jag.«

Ett leende tog form på Gabriels breda läppar som han långsamt närmade sig Amina.

Den här vålnaden var då inte en vän.

Om något verkade han ännu mer monstruös än de andra Amina hade mött. Hon öppnade dörren hennes föräldrar precis passerat igenom och försvann.

Med benen på ryggen sprang Amina genom rummet därpå. Det var liksom det förra rummet, gigantiskt. Inte så mycket till höjden, men bredden måste ha sträckt sig långt bortom bostadens parameter.

De enda objekten i rummet var ett par skåp samt två operationsbord som sträckte sig högt från golvet och var täckta av tyger, nedfläckade av både blod och gröngul sörja. Till Aminas lättnad hade inte far glömt kvar någon patient på borden, men hela rummet stank som ruttet kött och klor. Det faktum att båda borden var bestyckade med remmar fick Aminas hjärta att genomgå en regnbåge av känslor. Det var här far hade mörbultat och manglat sina patienter.

Halvvägs genom rummet snubblade Amina.

Hjärtat kändes som det slog upp i taket när hon plötsligt befann sig ansikte mot golvet.

All kraft från fallet hade fångats upp av hennes näsa. Den gjorde oerhört ont, men som hon kände efter ifall hon blödde, kände Amina endast hur svettig hon blivit. Hon hade inte insett hur långt hon redan hade sprungit. Hon rullade över på sin rygg och riktade lyktan mot platsen där hon föll.

Det var ett mänskligt huvud som fått henne på fall.

Amina reste sig upp och observerade huvudet för ett ögonblick. Ansiktet halvt nedvänt mot golvet. Dess hår var flottigt och den reva där den en gång suttit fast vid en kropp, var helt täckt av vax.

»Fröken de la Croix, vad är trevligt att äntligen få träffa dig,« sa huvudet.

Amina brast ut i skratt. Se här! Ett talande huvud.

»Jag skulle dock antyda att det är lite taskigt av dig att inte be om ursäkt,« fortsatte huvudet. »Det där gjorde faktiskt ont.«

Amina kämpade för att hålla tillbaka sitt skratt. Hon bara såg på som huvudet utan svårigheter talade. »Seså! Stå inte där och glo. För bövelens skull, säg något!«

Vad i hela friden kunde Amina säga?

»Hur vet du vem jag är?«

»Det kommer inte förbi många som du. Jag antog att du måste vara doktorns dotter.«

Huvudet försökte att le. Ett halvdant leende.

»Och vad vill du mig?«

»Ingenting. Fortsätt på din väg du.« Huvudet gjorde ett ljud som endast kunde likna sig vid en misslyckad suck. »Jo förresten, det finns en sak. Det är lite pinsamt som du säkert kan förstå, men jag tycks ha förlorat min kropp, eller snarare. Min kropp har förlorat mig!«

Huvudet försökte med hjälp av sina läppar räta till sitt läge. »Du kan väl ta en titt i den bortre änden? Jag såg hur han var på väg dit innan han försvann ur mitt, begränsade synfält.«

Amina tog ett varv genom rummet.

I den bortre änden hördes ljudet av knackningar. Dova, men höga i jämförelse med den ilande tystnaden. Dessa stenväggar ville tydligen tala.

Kroppen var kvar, ståendes på knä, med armarna utsträckta i ett tafatt försök att omfamna väggen. Amina skulle nog aldrig förstå vad dessa varelser höll på med. Från ingenstans vände sig kroppen. Med hjälp av sina armbågar började den i takt föra ryggen fram och tillbaka mot väggen.

Nu lät knackningarna högre.

»Hallå! Är du kvar där borta?« ropade huvudet.

Amina bet sig själv i tungan och gick tillbaka. Allt hon egentligen ville var att följa efter hennes föräldrar, men hon kunde inte överge sin nyfunna vän.

»Din kropp verkar ha förälskat sig i väggen.«

»Förälskad i en vägg? Inte min kropp, nej nej. Jag tillåter det icke. Ta dit mig. Jag kan reda ut honom!«

Amina hukade sig ned och tänkte igenom det hela. Huvudet var täckt av gröngult jox. Inte nog med att han var äcklig. För allt Amina visste kanske substansen var farlig. Istället för att plocka upp huvudet försökte hon tänka ut något sätt att leda dit kroppen istället.

Huvudet var med på noterna. »Seså. Jag bits inte!«

»Du är äcklig,« sa Amina. »Jag vill helst inte ta på dig.«

Huvudet svarade först med en tystnad. »Du är elak!« brast han sedan ut. »Har du en aning om hur det känns att ligga på ett kallt golv, medan alla du känner befinner sig en våning upp och njuter av sin sista tid vid liv?«

»Ni är väl inte vid liv?«

»Vi är mer vid liv än du kan tänka dig. Jag ligger ju här och önskar bli återförenad med min kropp. Är inte den önskan liv nog för dig?«

Motvilligt plockade Amina upp det flottiga huvudet. Med rappa steg bar hon det tillbaka mot kroppen som fortfarande utövade sin underliga ritual. Så fort huvudet kom nära, stannade kroppen och for upp, rak i ryggen. Den vände sig om och sträckte ut sina händer.

Vålnaden hade utan tvekan varit rik i sitt tidigare liv. Klädd i en mörkbrun kostym gjord av linne. Om det inte vore för alla de kroppsliga vätskorna skulle han sett ut som vem som helst. Ja, och förutom det faktum att hans huvud var avhugget.

Amina räckte över huvudet.

»Det var inte så svårt va?« sa han, fortfarande utan någon riktig kontakt med sin kropp. »Ska du med upp och dricka ett glas vin eller två?«

Amina skakade på sitt huvud.

»Vad ska bli av dig då?«

»Jag måste finna min mor och far, sedan måste ni monster försvinna härifrån.«

»Vi monster?« med hjälp av sina händer skakade kroppen på sitt huvud. »Det stämmer att vissa av oss här nere är vad du skulle kalla monster, men de var monster långt före din far fann dem. Andra har genomgått sådan intensiv smärta att...« Huvudet såg ut att ha ett leende på sina läppar. »Jag kan omöjligen förklara, förhoppningsvis behöver du inte erfara det själv.«

»Vad ska det betyda?«

»Du får finna dina svar själv fröken de la Croix, men håll dig borta från änglarna!«

»Änglarna? Du menar dem där demonerna?«

»Jag har själv inte träffat dem, jag har bara hört rykten,« sa huvudet och blev tyst. Hans leende var inte längre där, men på ett ögonblick kom det tillbaka. »Ursäkta mig fröken de la Croix, men det är upp till din far att ge dig de svar du söker. Jag tackar så hjärtligt för din hjälp, men jag ska på en fest fylld med fruntimmer som bara har en natt kvar i denna värld.«

Kroppen släppte sitt huvud för att fixa till sin slips. Att ens kalla den knuten från första början var att gå till överdrift. Det var snarare en blodig röra av tyg och tråd.

»Djävla idiot alltså!« skrek huvudet som han återigen föll ned på golvet. »Hur kan man vara så korkad?«

Amina kunde inte hålla sig själv från att skratta, även i den mest miserabla av situationer gick det att finna humor. Så länge man tillät det.

Vemodet återkom när hon fick syn på huvudet som återigen låg med ansiktet nedvänt mot golvet. Hur mycket sympati Amina än kände för honom. Hon kunde inte stoppa sitt ändlösa garv. När huvudet efter ett tag började snyfta tog hennes samvete över. »Ursäkta! Jag menade inte att skratta åt ditt elände.«

Det lät faktiskt som att huvudet skrattade även han.

»Ingen anledning att be om ursäkt,« sa han som Amina lyfte upp honom och åter räckte över huvudet till sin kropp. »Jag inser att allt det här måste verka bisarrt för dig.«

De stod och skrattade åt deras delade situation.

På ett ögonblick hade flera minuter runnit förbi.

»Jag tror det är bäst att jag rör på mig,« sa Amina.

»Jo, samma här. Du är helt bestämd på att bege dig längre in, eller hur?«

»Jag måste. Mor och far är här någonstans.«

»Ta det försiktigt här nere.« Huvudet kastade en längtande blick mot dörren bakom Amina. »Jag skulle skaka din hand, men jag vill helst undvika en till olycka.«

»Tack,« sa Amina med ett leende. »Du har inte berättat vad du heter.«

»Dumheter, jag har inget namn.«

»Alla har ett namn!«

»Du kan kalla mig Jon,« sa huvudet som kroppen smått sprang iväg.

Amina stod kvar och såg på medan Jon, allt snabbare för varenda steg, sprang iväg från henne. Bubblande, om så bara ytligt var idén av att göra detsamma. Strunta i allting, fly iväg och glömma bort alltihopa.

Det hade varit omöjligt.

Amina hade en bättre chans att bara fortsätta.

4.

Endast en väg framåt. En stor port vid den bortre änden av rummet. Byggd i samma tråkiga sten som allt annat. Ett emblem Amina kände igen var ingraverat i stenen, samma sorts emblem som gick att finna vid bostadens ytterdörr. Små treuddiga stjärnor täckte porten från golvet hela vägen upp till taket. Placerat högt upp var ett järnhandtag.

Amina kämpade med att få upp porten. Med armarna sträckta ovanför sitt huvud tog hon i så hårt att hennes muskler började värka.

Hon hade inte en chans. Amina kunde knappt nå upp till själva handtaget, ännu mindre kunde hon uppbåda den kraft som krävdes för att öppna porten. Hur mycket styrka hon än satte i. Porten satt fast.

»Förstår du hur löjlig du ser ut?« sa en röst.

Amina hoppade till och vände sig om.

Ingen där.

Rösten kom från hennes inre, från den bakre delen av hennes huvud.

»Visa dig, var du än är!« skrek Amina.

»Förstår du inte att jag är du?« sa rösten.

»Lögner, försvinn från mitt huvud!«

»Du måste lyssna till ditt förnuft.«

Ju mer Amina försökte få upp porten, desto mer vaknade hennes verkliga förnuft till liv. Antingen så var porten helt enkelt låst, eller så var den den för otymplig och tung för Amina att öppna på egen hand. Hon borde ha bett Jon om hjälp innan han for iväg. Amina kunde ha burit hans huvud medan kroppen öppnade upp vägen för henne. »Om du verkligen är mitt förnuft. Säg mig, hur ska jag ta mig vidare?« tänkte Amina.

»Gå fem steg åt höger.«

Rösten kunde faktiskt höra hennes tankar. Frågan var bara om den ville henne illa eller väl, ifall den talade sanning eller om den ljög. Amina visste inte vad hon skulle tro. Någonting inom henne kröp, en känsla som inte hade någon röst, men likväl sa mer än tusen ord.

Amina gjorde som rösten sa och gick fem steg åt höger. Hon tittade mot väggen och till hennes förvåning fann hon en stege som ledde hela vägen upp till en fallucka.

»Jag vill inte tillbaka upp dit,« sa Amina.

»Jo, det är dags att vakna!« röt rösten.

»Kan inte du bara vara tyst?«

Rösten skrattade, så högt att det ekade i rummet.

Amina frigav en suck. Med lyktan i ena handen och tyngden av sin kropp i den andra. Amina började klättra. Stegen var iskall, att endast röra vid den skickade kalla kårar genom hennes kropp. Vad som inte gjorde det lättare var den otympliga lyktan.

Den ständigt växande falluckan gav henne hopp.

Inom kort var Amina högst upp.

Under andra omständigheter var hon inte alls en höjdrädd person. Höga höjder fick henne att känna sig stor, men att hänga från den rostiga stegen - en känsla raka motsatsen till storhet.

»Hoppa! Du måste tro på dig själv.«

Amina ignorerade rösten, hon hade redan blivit van.

Istället fokuserade hon på att få upp falluckan. Med så mycket kraft hon kunde uppbåda tryckte hon till mot luckan. Den sköts upp och en massa jord föll ned i hennes ansikte. Amina höll på att förlora fotfästet.

I det hela tappade hon nästan sin lykta.

Den sista biten tog sig Amina över med lätthet.

Hon blev förvånad när hon såg att falluckan var placerad precis bredvid verandan, rakt i en av Marias rabatter. Aldrig skulle hon anat att det fanns en öppning till laboratoriet där. Hon antog att den måste ha använts som en nödutgång eller dylikt. Amina visste inte vad.

Allt hon visste var att hon nästan befann sig vid sin favoritplats i hela universum. Hon gick bort till sin björk. En fridfull sommarafton för att säga det minsta, en behagligt ljummen ton i luften och inte ett moln på himlen. Det enda som gick att se var månens dova ljus och alla stjärnor för många för att räkna.

Att faktiskt försöka lät inte som en dum idé. Det skulle ha varit ett perfekt slöseri av tid. Tid som Amina inte hade råd att förlora. Från skogen hörde hon syrsornas karaktäristiska läte.

Men även ett annat ljud - rösten av ett litet barn.

»Mamma!« lät det från barnet.

»Det är ett monster!« röt rösten. »Gör dig redo.«

Lite längre ut i skogen såg Amina gestalten av en pojke. Som med Karolina tidigare. Hans ansikte fanns inte kvar, men i det mörker som täckte hans ansikte såg

Amina ett ljus. En flamma som den hon sett i mors ansikte.

»Här borta!« sa Amina och gick fram till pojken. »Du behöver inte vara rädd, jag kan hjälpa dig.«

»Ta upp ditt svärd!« vrålade rösten inom henne.

»Mamma...« sa barnet igen och vände sig bort från Amina. Hon hann se ljuset en sista gång innan pojken släppte lös ett ylande vrål och sprang bort från henne, ut i skogen. Amina följde efter så gott det gick, men pojken var snabb. Vansinnigt snabb.

»Inte ut i skogen ditt dumma fån,« sa rösten.

Amina förlorade kontrollen över sina armar och ben. Hon såg hur pojken klättrade upp i ett träd och hur hennes fötter rörde sig med bestämda steg mot trädet. Hon kände hur hennes händer greppade tag om kniven i hennes väska.

Kniven, hennes svärd. Det redskap som hon hade svårt att ens lyfta med två händer höll hon nu ovanför sitt huvud. »Motus ad infinitum!« vrålade rösten.

»Motus,« repeterade pojken och hoppade ned. »Motus ad infinitum.«

Med en endaste rörelse svingade Amina kniven mot pojken, hans nacke gav inget som helst motstånd. Pojkens huvud såväl som hans kropp föll livlöst mot den jord som en gång burit honom.

Amina återfann kontroll över sin kropp och med det, tappade hon sin styrka och sitt svärd.

»Du gjorde honom en tjänst,« sa rösten. »Hans liv var redan över. Skynda dig nu, du vill inte vara kvar här när solen vaknar till liv.«

Amina hade ingenting att säga. Hon gick sin väg bort till kniven, tog upp den och gjorde sitt bästa för att inte titta på pojkens sköra kropp. Trots att hon aldrig skulle bli av med minnet. Amina gjorde sitt bästa i att förtrycka det genom att fortsätta på sin resa. Hon gick tillbaka mot huset och funderade på att gå till sängs. Om det inte vore för alla tända lampor och den ständigt närvarande rösten kanske Amina skulle kunnat lura sig själv till sömns.

Nej, det var önsketänkande.

»Du har inte en minut att förlora!«

»Tillbaka ned i källaren.«

»Spring!«

Fler röster hemsökte hennes skalle, värst var en som inte sa något. Den bara satt där, längre fram i huvudet och andades. Amina såg bilder där inne, bilder på paddor och grodor hoppa omkring, och mitten satt en padda vars fötter bildade den yta där de andra dansade.

Inne i huset, nu var det vålnader överallt. Amina stod utanför och tittade in genom en av fönsterrutorna. Hon behövde någon vid sin sida. Med far borträknad fanns det det ju bara en person att vända sig till - Maria. I största sannolikhet satt hon kvar i källarvåningens första rum. Gabriel hade sagt att Maria skulle vara trygg. Kunde Amina verkligen lita på det?

Jon hade frågat henne ifall hon ville följa med på kalas. Kunde Amina kanske fråga vålnaderna om hjälp?

En ytterst dum idé. Hon skulle kunnat leta rätt på Maria, men även ifall hon lyckades hitta henne. Maria skulle utan tvekan tvinga tillbaka Amina till hennes ensliga rum.

»Lilla flicka, det är för sent. Du kommer aldrig få träffa dina föräldrar igen. Förstår du? Aldrig någonsin!«

Amina knöt ihop sina nävar och slog hej vilt i luften omkring sig. Rösterna bara skrattade.

Vad som kändes som flera minuter gick förbi innan Amina gav upp, hon skulle inte låta sig själv luras. Dessa röster var där för att testa henne. Driva henne till vansinne. Hon skulle inte låta dem vinna.

Oväsendet från folkmassan hade ökat. Ett flertal läten av glada skrik, sång och ännu fler läten av hysteriska och annars bara känslofulla skratt. Amina gick in till köket, vid dörren till matsalen stod hon tyst och beskådade vålnaderna leva ut sin sista tid i denna värld.

För att se så döda ut. Dessa vålnader förde ett avsevärt liv. De betedde sig som de flesta människor skulle i en liknande situation. De fyllde tiden med att nöja sig med varandra. Många dansade till ljudet av skratten och stämmorna av sång. Lite längre bort stod Jon. I sin ena hand höll han malligt tag om sitt huvud samtidigt som han stod och pratade med två andra vålnader. Relativt med de andra såg dessa livslevande ut, deras ansikten var oberörda och deras hår vårdat.

Aminas kropp sa åt henne att inte gå in, det var dumt att utsätta sig själv för sådan fara. Hur trevliga ett fåtal av dem än verkade, det lär definitivt finnas ett par fula typer där inne. Amina svalde sin anda samtidigt som hon, utan att egentligen mena det, slog upp dörren framför sig.

Ingen verkade till en början reagera på att hon stod där. Tills en av vålnaderna som dansade omkring mitt i rummet fick syn på Amina. Vålnaden stannade abrupt till och stirrade på henne. Inom kort blev de andra i rummet tysta. Varenda en av dem stod nu och stirrade.

»Det är doktorns dotter,« sa någon.

»Är hon fortfarande kvar?« frågade en annan.

»Tydligen!« sa en tredje mer bekant röst. Det var Jon. Han gick igenom folkmassan för att möta henne.

»Fröken de la Croix!« sa det avhuggna huvudet med ett leende på sina läppar. »Jag trodde du skulle vara halvvägs genom den där underjordiska labyrinten vid det här laget.«

»Jag behöver er hjälp...« sa Amina.

En till vålnad knuffade sig fram genom folkmassan. Hans kropp var lång och smal, hans ansikte fördärvat bortom räddning, men värst av allt var den lukt han spred omkring sig. Som en sorts blandning av svett, klor och ruttet kött. Amina försökte att inte andas med näsan, odören trängde sig in genom munnen. Hur mycket hon än försökte, lukten gick inte att ignorera.

»Det är doktors dotter,« sa vålnaden.

»Ja, och hon har inte gjort dig något fel,« sa Jon.

Trots att den illaluktande vålnaden saknade ögon så var hans blick som fäst vid Amina. Det var som att han såg rakt igenom henne.

»Det är doktorns dotter.« sa han igen.

»Bort Daniel, gå tillbaka till ditt hörn!«

»Jag vill ha henne.« Han slickade sig kring läpparna.

»Robert kom och hjälp mig!«

Ytterligare en vålnad tog sig fram, han var lång och kraftigt byggd. Han saknade liksom de flesta andra, sina ögon, men hans hud var inte alls lika blek. Hans kinder hade fortfarande lite färg till sig.

»Kom här, hon är ju bara en flicka,« sa Robert och drog undan Daniel, tillbaka in i folkmassan. Den illaluktande vålnaden följde med utan att streta emot. Hela tiden med sin blinda blick fäst på Amina.

»Vad kan vi hjälpa dig med?« frågade Jon.

De andra vålnaderna stod tysta och stirrade på dem. Amina fann det svårt att koncentrera sig.

»Det är en stor dörr,« viskade hon till Jons huvud.

»En stor dörr... okej.«

»Jag behöver hjälp med att öppna den!«

Jon verkade till en början inte förstå. Hans blick försvann upp mot taket innan han plötsligen förstod vad Amina pratade om. »Du behöver hjälp med att få upp porten till kapellet! Självklart.«

Viskningar hördes från folkmassan. Var Jon tvungen att vara så indiskret? Amina ville inte förmedla hennes planer till alla de vilsna själarna i rummet. Framförallt inte den där Daniel.

»Robert häng på, låt oss hjälpa tösen,« sa Jon.

»Men Jon! Det är inte så lång tid kvar.« Robert rörde sig ut från folkmassan igen.

Med sin lediga hand klappade Jon till sin vän på axeln. »Vi kommer tillbaka på nolltid. Oroa dig inte.«

»Okej...« suckade Robert.

Det var någonting med Roberts röst som fick Amina att tänka till över vad Jon sagt tidigare. Robert lät inte som en speciellt trevlig person, men han lät då verkligen inte som ett monster. Han var vänlig nog att följa med henne, det sa mycket inte bara om honom, utan om Jon likaså. Amina ledde de båda ned till källaren som de säkert redan kände väl. Hon var beredd att tända sin lykta när hon såg att lamporna redan var tända. Hennes första tanke gick till Maria, hon måste ha vaknat.

Utan att tänka på Jon och Robert skyndade sig Amina in i laboratoriet.

»Vänta fröken. Vi är inte så snabba!« ropade Jon som de följde efter.

Alla lampor i rummet var tända och Maria var borta. Hon hade lämnat efter sig en blodig pöl där hon en gång suttit. Gabriel måste väl ha talat sanning, han hade läkt henne. Eller kanske han bara hade förflyttat henne.

»Jag hade hoppats att jag aldrig skulle behöva ta ett till steg här,« sa Robert.

»Äsch, det här är ju vårat hem!« sa Jon.

Amina slängde en blick åt dem och gick snart i förväg igen. Det fanns ingen tid att förlora.

»Lilla fröken!« sa Jon. »Om du ber om vår hjälp kan du inte bara springa iväg från oss!«

Amina stannade till. »Jag har inte så mycket tid.«

»Jag och min vän här, vi kommer vara borta så fort morgonen gryr, utan din fars mediciner är vi så gott som döda. Du däremot, dit du ska har tid ingen mening.«

»Vad menar du med det?«

»Det är en plats mellan ljuset och mörkret.« sa Jon och tittade på Robert. »Förklara för henne.«

»Hur?« frågade Robert. »Flickan har inte en aning om vilka krafter hon har att göra med. Hade jag varit henne skulle jag springa min väg från denna plats.«

»Men du är inte jag,« sa Amina.

»Nej, men vi är båda människor. De änglar som din pappa har släppt lös, de är allt annat än mänskliga...«
Trion gick i vad som enligt Amina var ett frustrerande långsamt tempo. Ifall de också hade ont om tid. Varför kunde de inte skynda sig lite?

Jon och Robert babblade bara på om onödigt strunt. »Jag skulle säga det är en fråga om perspektiv,« sa Jon. »Världen vore ju inte alls lika vacker utan färger.«

»Jag må vara blind, men min värld är inte grå för det! Jag kan fortfarande se rummet omkring mig,« sa Robert.

»Du kan ju inte se överhuvudtaget,« sa Jon.

»Precis, så rummet har ingen färg!«

Innan någon av dem hade kommit fram till en klar poäng hade de anlänt vid operationssalen där Amina tidigare vikit av. Porten stod öppen.

Maria måste ha varit där.

»Det där är dörren du behövde hjälp med, eller hur?« frågade Jon, en nypa irritation i hans röst.

»Ja, ni måste ursäkta mig, jag lovar att den var stängd alldeles nyss,« sa Amina, en skamsen ton i hennes röst.

De gick in i rummet därpå. Lika lågt i tak som tidigare, men betydligt bredare. Nio stycken bänkar var riktade mot ett altare. Ville far, skulle han säkert kunna hålla föredrag för ett dussintals personer i detta rum.

I taket hängde ett gigantiskt kors, gjort av vad som såg ut att vara ädelmetaller och besmyckat med blå och röda juveler. Det såg alldeles för majestätiskt ut för att hänga i ett sådant grått rum.

Jon gick först. Han granskade rummet noga samtidigt som han rörde sig mot altaret. Robert stod kvar med Amina vid porten.

»De har varit här,« sa Jon.

»Det är omöjligt!« sa Robert.

Jon gick tillbaka till sina två kamrater. »Vi måste vända om, mer krafter är i spel än jag trodde.«

Amina ignorerade Jon och gick längre in i rummet. I den bortre änden fanns det två vägar. En port likadan som den de precis passerat, samt en nedsjunken trädörr. Bara några steg från porten så slogs den igen, rakt framför Amina.

»Nu Amina! Kom tillbaka hit!« ropade Jon.

Amina vände sig om. Både Jon och Robert såg absolut vettskrämda ut. Ändå var de ej medvetna om varelsen som långsamt rörde sig bakom dem. Klädd i en kostym, samma sorts varelse som Gabriel. Den största skillnaden var att denna demon inte alls var skallig. Över hela hans kropp, växande på hans ansikte såväl som hans händer. Små krulliga hårstrån.

Robert flämtade till så fort han fick syn på demonen.

Jon ställde sig rakt i varelsens väg. »Jag trodde inte ni kunde vistas i våran värld,« sa han.

»Vi kan, men vi vill vanligtvis inte. Dock har vi som tydligt faller, gjort ett undantag för ikväll.« Varelsen tittade på Amina. Som Gabriel hade han två juveler intryckta i skallen.

»Vad ska ni med henne till?« frågade Jon.

»Ingenting du behöver du bry dig om,« sa demonen och försökte kliva förbi Jon som i sin tu, tryckte upp sin lediga hand mot demonens bröst.

»Tror du verkligen att du kan stoppa mig?« vrålade demonen. »Gå iväg härifrån. Njut av din sista tid i denna värld tillsammans med dina snuskiga kamrater.«

»Jag har redan levt mitt liv. Innan du ger dig på flickan får du ta det sista jag har att erbjuda.«

»Då är vi överens om något iallafall.« Demonen blottade sina tänder, gulbruna och nedslipade.

Jon verkade inte det minsta rädd. »Ska vi skaka på det?« Han räckte fram sin hand.

Demonen tittade på honom, han förstod inte alls vad Jon menade, inte Amina heller för den delen.

Helt plötsligen började Jon skratta, det lät oerhört framtvingat och ju högre han pressade ut det. Ju mer förändrades demonens uttryck från förbluffad till rosenrasande.

»Spring!« skrek Robert.

Demonen tittade åter bort mot Amina. Hon kunde inte slösa bort en endaste sekund till. Hon satte sin klack mot golvet och sprang bort till trädörren.

Jon stod kvar, han höll ut sin karda med ett brett leende fastklistrat på läpparna. Demonen tog med sin ena hand tag om Jons huvud och ryckte bort det från hans kropp. Demonens hand, tillräckligt stor för att täcka hela bakhuvudet.

Jons kropp gjorde sitt bästa för att få det tillbaka. Ett tafatt försök att slänga sig åt sitt huvud slutade med att hans kropp hamnade rakt i demonens famn.

Demonen tog upp både kropp och huvud. Han höll dem så högt att de nuddade taket. »Är du nöjd nu?« vrålade demonen. Gröngul sörja flög ut ur munnen och kladdade ned demonens håriga ansikte.

Robert stod helt paralyserad av rädsla, det här var förmodligen inte deras första möte med varandra.

»Släpp honom. Han är ju redan så gott som död!« försökte Robert att skrika, endast en viskning kom ut. Inte för att demonen brydde sig om vad Robert hade att säga. Vilket tonläge han än skulle säga det i. Långsamt och med ett leende på läpparna, pressade demonen ihop Jons huvud.

Stående bakom de två, Robert gjorde det bästa av sin position och attackerade demonen bakifrån. Med så mycket styrka han kunde uppbåda armbågstacklade Robert deras motståndare. En manöver som inte hade någon inverkan på demonen, men nästan ledde till att Robert bröt av sin arm.

Demonen slängde Jons kropp in i väggen åt höger och hans huvud åt vänster, ut bland bänkarna.

Han vände sig om mot Robert.

»Jag kommer njuta av det här, tjockis.«

Från en ficka insydd vid låret drog demonen ut en kniv gjort av ett purpurfärgat material. Han högg Robert i naveln och sprättade upp hans överkropp. Allt blod hade sedan länge försvunnit, det hade blivit ersatt av en gröngul sörja. Lukten av ruttna inälvor spred sig bort till Amina som inte kunde få upp dörren. Hon ryckte i handtaget för allt hon var värd, men hur hårt hon än ryckte. Dörren vägrade röra sig det minsta.

En snabb titt bakåt var en snabb titt som Amina på direkten ångrade. Demonen satt ned på knä och grävde runt i Roberts överkropp. Tillsynes helt och hållet slumpmässigt, han såg minst sagt glad ut när han satt där och lekte med Roberts inre.

Demonen tog ut ett föremål han gillade mer än alla andra. Helt utan problem hade han ryckt ut Roberts hjärta. Eller Amina antog att det var hans hjärta. Brunt, nästan svart till färgen och täckt av en gröngul sörja. Organet hade inte givit något som helst motstånd. Nästan som att det smälte i demonens hand. Han reste sig upp, kostymen nedstänkt av sörja och vax.

Amina gjorde ett sista försök att rycka upp dörren.

»Vad skulle du säga om jag åt upp denna groteska köttbit?« Demonen höll upp Roberts hjärta framför sin enorma mun. »Oroa dig inte, jag är inte alls hungrig.« Han kastade hjärtat på altaret vid Aminas sida av rummet. »Det är viktigt att man är ordentlig med dessa dockor. De verkar ju redan döda från första början!«

Amina tittade sig omkring. Robert rörde sig inte, hans inälvor låg utspridda kring honom. Han var till ordets fulla innebörd - förstörd.

Nära Robert låg även Jons huvud. Det lät nästan som han skrattade. En glimt av hopp tändes inom Amina, en glimt som demonen mycket väl kände igen. Tvärt vände han om och gick raka vägen tillbaka till Jon.

Demonen tog upp och höll huvudet i håret.

»Ditt satans fan... du är inte hälften av den man jag en gång var,« sa Jon.

»Det finns sanning i det du säger.«

Demonen gick fram till altaret. Med båda sina händer höll han huvudet högt ovanför strukturen.

Demonen slog ned. Jons kranium knakade till.

Igen lyfte demonen upp huvudet och återupprepade proceduren. Gång på gång slog han ned huvudet mot altaret, tills Jons skalle inte var mycket mer än en fläck av ben, vax och hjärnmassa.

Både Jon och Robert hade gett upp sina liv för att rädda Amina. Det var allt för inget. En låst dörr var allt som krävdes för att stoppa henne i sitt spår. Amina föll ned på knä framför demonen. Redo för att möta sin skapare.

»Lilla flicka, var inte fånig. Jag är inte här för att skada dig.« Han tog tag i Aminas haka och vinklade hennes ansikte uppåt för att möta hans blick. Sörjan som täckte hans händer brände till mot hennes hy.

»Vem... vad är du för något?« frågade Amina.

»Jag har haft många namn och titlar i mina dagar. Dzakar har mig alltid varit en favorit.«

»Zakar?«

Demonen fnissade. »Något lite lättare kanske. Vad säg som Pan? Du har väl hört talas om honom?«

»Pan... du menar inte att du är djävulen?«

Demonen fortsatte i sitt fnissande. »Nej, nej. Jag är inte djävulen, men jag har träffat honom. En ytterst överskattad och tråkig individ om jag får säga det själv.«

Tårar tog form i Aminas ögon, hon skulle inte tillåta dem att falla. Demonen skulle inte få det nöjet.

»Vad kommer bli av mig?« frågade Amina.

»Jag vet inte, min bror säger att du är speciell. Själv är jag inte övertygad, du beter dig mest bara som en bortskämd prinsessa. Hursomhelst, allt det du söker finns bakom den där dörren.« Demonen pekade mot den nedsjunkna trädörren. »Den där suggan Maria, din knäppa farsa. Allt det du söker...«

Aminas ögon lystes upp. Hon var mycket närmare än hon hade trott. Det enda som stoppade henne var Dzakar. Han verkade väldigt mån om att prata. Mest av allt ville han nog bara leka med henne, lura henne till att göra saker för honom. Hon reste sig upp och gick några steg mot hörnet av rummet.

Ifall hon bara kunde få bort honom från dörren.

Ifall hon bara fick försöka en sista gång.

»Vänta nu här,« sa demonen. Med två steg hann Dzakar ifatt henne. Han grep tag i Aminas axel. »Jag har lovat min bror att inte göra dig illa, men tro mig. Det finns många som väntar på att få träffa dig.« Han släppte taget om hennes arm, gick fram till trädörren och tog en sista titt på Amina. »Lycka till.«

Demonen öppnade dörren och försvann.

5.

Som dörren föll igen, slocknade lamporna och inte nog med det - Amina hörde hur demonen låste efter sig. Hon behövde handla snabbt. Rummet blev mindre för varenda tanke hon la åt sin situation. Till att börja med behövde Amina mer ljus, hon klarade inte av en till sekund i detta mörker. Att inte ens kunna skilja sina händer från sin omgivning.

Förlitandes på sin känsel, Amina sträckte sig ned i sin väska och ryckte tag i den lilla dunken med lampolja, hon öppnade lyktans grind och satte in lampoljan där hon tycktes känna behållaren avsedd för bränslet.

På måfå måttade hon upp en lika stor mängd hon använt tidigare. Alldeles för mycket kom ut, men Amina rakt av ignorerade den olja som rann ned på golvet.

Hon letade rätt på sina tändstickor. Antände en.

I en väldig urladdning av energi gick hela hennes famn upp i brand. Instinktivt släppte hon lyktan och tog ett steg bakåt. Helt oskadd, tack och lov att golvet var gjort av sten. Flamman var fin att se på och den lyste iallafall upp hennes del av rummet, men det båda inget gott. Amina behövde sin lykta.

Å andra sidan var hon ju fast i vilket fall som helst. Förr eller senare skulle elden få slut på bränsle, kanske hon vid det laget klurat ut ett sätt att ta sig vidare.

Amina fick inte så mycket tid att tänka efter.

Ett ljud kom från operationssalen, Amina vände sig om och såg tydligt vem det var som tog sig över tröskeln, en mager man med grått hår – Daniels. Hans sura stank kändes på långa vägar. Han verkade ha problem med att stänga porten efter sig.

Stängd var hursomhelst hur han skulle ha den.

»Du är doktorns dotter,« sa han i en låg och slemmig stämma. Det lät som hans mun var fylld av smör.

Det fanns ingen tid att förbanna hennes situation. Daniel gick med halvsnabba steg mot henne. Inte nog med att han var täckt av vax, vålnaden såg ut att svettas.

»Kom med mig,« sa han och räckte ut sin hand.

Amina sprang in mellan raderna av bänkar. Hon fick inte tillåta sig själv bli fångad av en vålnad så illaluktande. Inte för att det fanns något att frukta. Amina hade förberett sig för en situation som denna. Hon drog upp sin kniv, ryckte bort tyget hon använt för att säkra den och greppade tag om skaftet.

Det var hennes svärd och hon skulle använda det för att besegra detta avskyvärda monster.

Snabb på sina fötter. Amina hoppade först upp på en av bänkarna och sedan ned på golvet bakom monstret. Daniel var slö på att reagera, långsamt vände han sig om för att möta henne.

Amina släppte lös all luft ur sina lungor i ett kolossalt vrål samtidigt som hon högg in i monstrets mage. Hans inälvor gav inget motstånd, men kniven fastnade i hans inre som att hon huggit en pöl av gyttja. Amina drog så hårt hon kunde, men hennes svärd satt fast.

Åter släppte Amina lös ett skri, denna gång för att hon hade misslyckats.

»Du är min nu,« sa Daniel som han drog ut kniven ur sin mage och kastade den åt sidan. »Min fina dotter... jag har saknat dig...«

Utan att tänka sig för tog Amina ett steg bakåt, vände sig om och sprang bort från monstret, fram mot altaret. Hon såg inte alls hur Jons livlösa kropp låg i hennes väg. I en duns föll Amina ned på golvet.

Daniel var henne hack i häl. Han greppade tag om hennes nacke och förde upp Amina i sin famn. Med sina armar kramade han om henne farligt hårt. Stanken av klor var överväldigande, den kittlades mot hennes hals, trängde sig in genom hennes gom och upp mot hjärnan. Var hon än kunde träffa, sparkade Amina mot Daniel. Han verkade inte ta alls ta någon skada.

Hans beniga arm upptryckt mot hennes strupe.

Smärtan, stanken.

Ingenting i jämförelse med den krypande känslan av att inte kunna få i sig luft. Om något lättade smärtan kring hennes hals ju mer världen tvinade bort, stanken likaså. Rummet blev mörkt. Om det var lyktan som hade slutat brinna. Eller om det var hennes medvetande som var på väg att lämna hennes kropp.

Det gjorde Amina likväl detsamma.

Porten som ledde vidare öppnades upp.

Momentet distraherade Daniel. För ett ögonblick lättade han på trycket kring Aminas strupe. Det tillät hennes kropp att roffa åt sig en nypa luft. Hon hörde hur ett pistolskott avlossades och träffade Daniel.

Igen tappade han nästan taget om henne, men klamrade sig snabbt tag om Amina.

»Min dotter...« viskade han. »Jag älskar...«

Ett andra skott gick av och i snabb följd, ett tredje.

Båda kulorna träffade honom rakt i huvudet. En massa sörja sprejade ut ur hans kranium. Med den sista kraften hennes kropp kunde alstra, sparkade Amina vålnaden rakt i magen. Han släppte taget om henne och de båda föll ned på golvet.

Amina chippande efter sin anda.

Monstret hade lämnat ett blåmärke kring hennes hals. Något så enkelt som att andas fick Amina att rycka till. Hon reste sig upp och tittade på Daniel. Han låg raklång på golvet. Tre skott hade träffat han bakifrån, ett i benet och två i huvudet.

Maria gick med bestämda steg fram till dem, med revolvern i sin hand. Det var tydligen mycket som Amina inte visste om fars älskarinna.

»Gå undan,« sa Maria.

Utan att tveka gjorde Amina som Maria sa.

Hon avlossade två skott till. Daniels skalle blev reducerat till ett fläck av gulgrönt och rosa soft.

»Vad gör du här?« frågade Maria med samma stränga ton som alltid. »Det här är ingen plats för en flicka.«

»Jag är här för dig och...« Amina kunde knappt tala, hon kunde själv höra hur krasslig hon lät.

»Du måste försvinna härifrån,« sa Maria. »Gå upp till ditt rum. Jag kommer och hämtar dig när allt är över.«

»Jag kan inte... jag måste rädda far.«

Tårarna gick inte längre att hålla tillbaka. Hur stark Amina än ville visa sig vara inför Maria. Hennes känslor hade en gräns. Maria kramade om Amina och gav henne ett flertal pussar över kind och panna. Känslan av att ha en levande människa vid sin sida.

En känsla Amina inte tillåtit sig själv att önska.

»Var inte rädd. Jag är här nu,« sa Maria.

»Du har inte sett det jag har sett!«

Maria såg Amina i ögonen. Den där varma glöden, lika uppenbar som alltid. »Jag har redan träffat alla de människor som vistas här inatt. De skrämmer mig inte.«

»Du förstår inte, de är inte människor.«

»Jag vet att de ser läskiga ut, men innerst inne, de är alla människor. Oroa dig inte om dem, jag ska hämta din far, sedan flyr vi tre bort härifrån.«

Vad kunde Amina säga. Hur kunde hon beskriva demonen för Maria och faktiskt få henne att lyssna? Vålnaderna var otroliga nog. Maria verkade ju inte ha några problem att handskas med dem. Om något var det häpnadsväckande hur lugnt Maria hanterade allt.

Hon kysste Amina en sista gång på kinden, reste sig upp och laddade om sin revolver.

»Det finns en stege inne i operationssalen,« sa Maria. »Den leder raka vägen ut, klättra upp försiktigt och var tyst när du går till ditt rum.«

»Följer du inte med?«

»Nej, jag måste finna doktorn.«

Till och med Maria hade problem med att få upp porten bakom dem. Till skillnad från Amina var hon iallafall lång nog. Maria räckte över en nyckel till Amina.

»Den leder till ytterdörren, vänta tills solen stiger, men om jag inte kommit tillbaka innan dess... leta rätt på Markus och hans föräldrar, berätta för dem vad du sett här ikväll.«

Amina tog emot nyckeln, trots att hon inte behövde den. Hon hade inte tänkt gå i närheten av ytterdörren. Ifall Maria inte ens kände till demonen så skulle hon verkligen inte ha någon chans.

Om det var Marias uppgift att rädda far.

Då var det Aminas uppgift att rädda Maria.

»Låt dem inte ta dig,« sa Amina.

Maria skrattade och rufsade till Aminas hår. »Oroa dig inte om mig, vi ses snart igen!«

Amina gick iväg från porten och lät tiden rinna iväg. Det kändes inte helt rätt att ljuga för Maria, men det var allt för det bästa. Både Maria och far skulle tacka henne när Amina i slutändan räddade allihopa.

Efter en stund av att rulla med sina tummar gick Amina åter in i rummet. Maria var borta. Hon började med att plocka på sig föremålen hon nyligen förlorat. Vid Daniels kropp låg fortfarande hennes svärd. Bladet var helt täckt av inälvor. Hon letade rätt på tyget och gjorde sitt bästa för att torka av sitt svärd.

Hon gick vidare till sin lykta. Glaset var förstört och branden hade bränt metallen, men den var fortfarande i ett dugligt skick. Hon tog upp lyktan och tryckte ned den i sin väska.

Amina väntade ytterligare några minuter och gick till sist bort mot trädörren. Hon försökte öppna upp den, men fann snart att Maria hade låst efter sig.

Demonerna hade sagt att Amina aldrig skulle få träffa sin föräldrar igen. Dem hade fel. Hon slog till den nedsjunkna dörren innan hon gick bort mot stenporten som Maria kommit ifrån. Den ledde direkt nedåt i en spiraltrappa, byggd av samma sorts sten som resten av laboratoriet. Väl upplyst av de många lamporna. Det var ljuset som ledde Aminas trötta kropp vidare. Hon försökte lägga sin verkliga situation åt sidan. När allt kom omkring så var källaren, om inte en vacker, iallafall en storartad plats.

Vem vet hur det såg ut i de gamla dagarna?

Far hade sagt att det inte var ett sådant slott som i sagoböckerna, utan snarare ett militärt fort. Bestyckat med kanoner och andra vapen vars uppgift var att skydda herren och hans familj från banditer.

Det väldiga rummet som låg en trappa ned, måste ha varit här herren av slottet höll sina måltider. En kolossal kristallkrona hängde från taket, flera dussintal, om inte hundratal stearinljus lyste upp lika många kristaller, som i sin tu dränkte hela rummet med ljus. Konstruktionen var nästan för mäktig för Amina att titta på.

Under kristallkronan, ett lika brett cirkelformat bord, tillsynes gjort enbart i trä. Uppdukat för ett tjugotal personer. Här existerade ännu Marias ordning.

Någon satt på en av de många stolarna, en mager flicka med långt brunt hår, några år äldre än Amina. För att vara en av vålnaderna såg hon makalöst bra ut. Hennes hy fräsch, hennes hår välkammat och frodigt. Mer lik en av fars dockor än hon var någon av de andra vålnaderna Amina träffat under kvällens lopp.

Helt blickstilla satt flickan på sin stol.

»Hej, vem är du?« frågade Amina.

En våg av energi susade genom flickans kropp. »Mitt namn är Anastasia, och vem är du?« sa hon och log. Aldrig hade Amina sett ett sådant vackert, men ändå förvirrat leende. Vad gjorde hon här? Varför var hon inte uppe bostaden med dem andra av hennes slag?

»Mitt namn är Amina de la Croix... är du en av min fars patienter?«

»Din far?«

»Doktorn, det är väl han som är anledningen till varför du är här?«

Amina suddade bort Anastasias glada min, hon tittade ned mot bordet. Hennes sorgsna ögon glimmade i ljuset. Far hade varit god nog att lämna hennes ansikte, men han hade också lämnat henne hungrig. Hennes taniga ben stack ned under hennes grå klänning.

»Kan du hjälpa mig?« frågade Anastasia.

»Med vadå?«

»Jag är så hungrig, snälla, kan du fixa lite mat åt mig?«

»Varifrån? Jag vet inte var...«

Anastasia pekade bort mot en dörr. »Syster Maria brukar brukar komma ut därifrån med mat.«

»Varför kan du inte bara ta för dig?«

»Jag får inte.«

»För vem? Min far?« Amina tvingade fram ett leende. »Han är inte här nu.«

»Det är inte doktorn som är problemet, det är dem där förbaskade fåglarna! Hör du inte hur dem kvittrar? Hör du inte hur dem skriker?« Anastasia pratade så snabbt att Amina hade svårt att uppfatta ett endaste ord. »Så tänker du hjälpa mig eller inte?« En tydligt ilsken ton i Anastasias röst. Inte behövde hon bli så himla sur.

Amina gjorde som Anastasia ville och gick bort mot dörren. Hon hade inte en aning om hur man lagade mat, men hon skulle göra sitt bästa.

Dörren hon pekat på ledde till den del av källaren som då sannerligen var ett laboratorium. Ett flertal maskiner stod utspridda i rummet, ihopkopplade med olika sorters behållare och andra mindre mackapärer. En del av utrustningen såg oerhört avancerad ut, medan andra komponenter såg ut att vara hundratals år gamla. Det fanns även ett till operationsbord bestyckat med tyglar. Vid ett av hörnen fanns ett enkelt kök. En gasplatta, ett skafferi och en liten vrå där hon kunde förbereda maten.

Bredvid köket stod ett flertal hyllor som såg mycket mer intressanta ut. Ett antal behållare märkta med olika kombinationer av bokstäver och siffror stod uppradade på hyllorna. De flesta flaskorna hade färggrant innehåll. Några violetta, några röda, men de allra flesta innehöll samma grönaktiga substans Amina sett tidigare.

Hon gick bort till köket för att förbereda en tallrik med mat. Det låg fem brödlimpor vid en skärbräda. Ingen såg speciellt fräsch ut, men i vilket fall som helst så var det näring. Amina skar med en brödkniv upp flera stycken skivor och la upp dem på en tallrik.

Hon tittade igenom skafferiet för att se ifall det fanns mer substantiell föda.

Det luktade inte särskilt gott inne i skafferiet, några korvar låg och skräpade, utan tvekan de som luktade. Det fanns även en hel del saltat fläsk och en ost. Amina tog en sniff och avgjorde att denna mat verkade bra nog att äta. Gjorde det ens någon skillnad vad hon gav Anastasia? Flickan såg ju ytterst livlig ut, men liksom de andra vålnaderna. Hon var säkerligen död på insidan.

Amina skar upp fläsket och osten i flera mindre bitar.

Aldrig hade hon behövt göra sådant arbete själv. Antingen hade det varit mor eller som på senaste tiden, Maria som hade förberett alla Aminas måltider. När allt väl kom omkring så var det inte så svårt. Maten var i princip redo att serveras från första början. Hon la upp allt på tallriken och gick tillbaka till matsalen.

Till hennes förvåning hade Anastasia försvunnit.

Rummet var tomt, helt tyst.

Amina satte ned tallriken på bordet och satte sig ned på en av stolarna. Varför ens försöka hjälpa dessa vålnader? Demonen hade sagt att Amina var speciell. Knappast menade han att hon skulle hjälpa fars patienter. Snarare ville demonen se henne tortera dem. Bevisa att Amina faktiskt var sin faders dotter.

Hennes mun kändes som den var fylld av bomull. Amina hade inte fått i sig en droppe att dricka sedan middagen. Hon tittade på kannan som stod vid hennes sida. Fylld med uppfriskande vatten, hon förstod frestelsen fars offer måste ha känt. Amina visste bättre.

Om hon tog minsta klunk skulle hon somna in.

Amina räknade ned från tio och reste sig upp.

Hon hade fortfarande mycket kvar att göra.

Kanske det fanns en nyckel här nere, en nyckel som kunde ta henne genom den där nedsjunkna dörren. Hon tog ett djupt andetag och fortsatte längre in i källaren.

En lång korridor med ett dussintal dörrar placerade mittemot varandra hela vägen ned. De såg alla ut som dörrar i en fängelsevåning. Varenda en av dem var försedda med en sektion galler. Ett antal glödlampor hängde utspridda i korridoren. De gav tillräckligt med ljus för Amina att se vägen framför sig.

Korridoren var så tyst att Amina kunde höra sina egna hjärtslag. Det var här, i en av de många cellerna som Maria spenderat sin första natt hos familjen de la Croix. Utan tvekan en hemsk upplevelse. Fast det kunde väl inte bli mycket värre än den situation de satt i nu.

Desto längre in hon gick, desto mer växte en helt ny sorts stank. Gammalt, vått och unket. En naturligt äcklig lukt förvärrad av en ännu mer distinkt odör - mänsklig avföring. Lukten blev mer och mer påtaglig. Amina andades genom sin hand i ett försök att dämpa stanken. Partiklarna trängde sig igenom ändå.

I en av dörrarna halvvägs genom korridoren var det tänt, ljuset från en flamma sökte sig ut genom gallret.

Någon var hemma. Frågan var bara ifall Amina ville veta vem. Hon la sin hand mot dörren utan att agera. Det kanske vore bäst att kolla igenom resten först.

Nej, det skulle endast vara ett slöseri av tid.

Amina tvingade sig själv till att två gånger knacka.

Ingen kom för att öppna. Hon försökte igen. Den här gången bankade på hon på dörren, men ändå kom ingen för att öppna. Situationen var henne allt för vardaglig, hon visste mycket väl vad som brukade hända därefter. Amina skulle gå tillbaka till sitt rum tomhänt.

Inte denna afton.

Utan att förutse hur enkelt det faktiskt var att öppna en olåst dörr. Amina sköt ned handtaget och slog upp dörren som for rakt in i den trånga cellens vägg.

En man satt ned i en skramlig säng. Vid hans sida låg Anastasia, hon hade slocknat helt. Mannen satt och smekte Anastasias lår. Amina insåg snart att det här var inte en man. Ansiktet var förstört. Far hade tagit det ifrån honom och lämnat hans sinne i en avgrund.

Ett till monster. En till Daniel.

Amina drog upp sin kniv ur väskan och riktade sitt svärd mot det omedvetna monstret.

»Ta bort dina smutsiga händer från henne!«

Monstret reagerade inte, det bara satt där och flottade ned Anastasias hud. Amina gick närmare och förde upp sitt svärd mot monstrets hals. Att snitta upp strupen kanske inte skulle ta kål på monstret, men det var värt ett försök.

»Släpp henne! Jag kommer inte be dig igen.«

Som Amina var på väg att skjuta sitt svärd genom monstrets hals vaknade Anastasia till liv.

»Nej! Gör det inte, han räddade mig.«

Amina bemötte Anastasias bönfall med en förvånad blick. Hon förde tillbaka svärdet ned i sin väska.

Monstret satt med sina händer uppe i luften. Dess famn öppen, som att det bad om att bli dödat.

»Han räddade dig?« frågade Amina.

»Vi har båda varit borta alldeles för länge, om det inte vore för honom skulle jag aldrig ha vaknat. Han vill bara ha tillbaka sina ögon. Att vara fast i en sådan värld där ljus aldrig har existerat. Du kan inte ana hur hemskt...«

»Hans ögon...« Amina kom att tänka på förrådet hon hade besökt tidigare. Det kändes som en evighet sedan.

Anastasia fortsatte prata på i sådan hastighet att Amina omöjligen kunde förstå, hon såg in i Anastasias ögon. Trots att ljuset var knappt, hennes ögon glimmade som två pärlor.

»Följ med mig,« sa Amina. »Jag vet var vi kan hitta hans ögon.«

6.

Aftonstjärnan, namnet på Hälsings mest luxuösa restaurang. Väggarna målade i en lugnande vinröd skara och på borden, dukar i matchande gult och rött. Tre uppsättningar bestick för de olika målen och tre sorters glas för vatten, vin och sprit.

Gästerna var till mestadels medelålders män. Vissa med sällskap av deras fruar, andra tillsammans med deras betydligt yngre älskarinnor. De åt inte ens upp maten de blivit serverade. Mer intresserade av mängderna alkohol kyparna, titt som tätt, kom förbi för att hälla upp.

Utanför. Dold i den mörka Oktober aftonen stod Maria, inte ännu en kvinna. Hon var klädd i trasor och skulle aldrig någonsin hoppas få ett bord på ett sådant fint etablissemang. Istället fick hon nöja sig med att stå och se på hur servitörerna dukade av de halvt uppätna måltiderna. Vad hon inte skulle gett för att få sätta tänderna i någon av de möra bitarna oxfilé. Eller att ens få känna lukten av restaurangens sopor. Länge hade hon undrat vad som hände med de rester gästerna ej åt upp.

En hel timme rann förbi innan hovmästaren mötte Marias hungriga blick. Han tog ett par snabba steg ut ur restaurangen, med is bakom sina ögon började han på direkten spy ut elaka kommentarer mot henne.

»Din djävla snorvalp. Jag har sagt åt dig att vi inte vill se dig häromkring!«

Maria såg hur hans mun rörde sig i takt med orden, men allt han hade att säga studsade av hennes sinne. Mer fokuserad var hon på hans kraftiga överkropp. Inte en speciellt fet person den här hovmästaren, utan snarare en muskulös man. Hans hår var kortklippt och hans armar i en låst position kring magen.

»Kan jag få något att äta?« frågade Maria, redo att gå ned på knä för att böna och be. »Jag är så hungrig...«

»Vi har redan givit dig nog,« röt hovmästaren med sådan tyngd i sina ord att saliv flög ur ur munnen. »Du får gästerna att må illa! Försvinn härifrån innan jag kallar på vakt!«

Ändå förstod inte Maria vad han sa. Hennes huvud, fyllt med bilder på all mat. De köttslamsor, den fisk och den potatis som annars förmodligen skulle kastas bort.

»Snälla... jag är så hungrig,« försökte hon igen, men hovmästaren hade hört nog. Han tog tag i Marias hand och ledde henne nedför trottoaren. Så fort de försvann ur restaurangens synfält, knuffade han ned henne på gatan. »Du är en avskyvärd syn,« röt han och gick iväg.

Nu förstod flickan att hon här inte skulle få någon välgörenhet. Ikväll skulle hon få gå till sängs hungrig. Hon gick sin väg nedför bakgatan, bort mot sitt hörn utanför den gamla övergivna kåken.

Ifall hon kunde skulle flickan gärna spenderat natten inomhus, men att bryta sig in i byggnaden var inte ett alternativ. Folket i Hälsing letade efter en anledning att jaga iväg henne. Dessa tursamma, förmögna människor ogillade att se fattigdomens ansikte och Marias var det fattigaste av dem alla.

I sitt hörn var hon iallafall skyddad från vädrets mäktiga och oförstående kraft. Nu som vindarna blev allt kallare för varenda förbipasserande dag. Detta övergivna hus var det enda hon hade att vara glad för.

Maria satte sig ned och tänkte tillbaka på just hur hon slutat upp i en sådan miserabel situation. För inte så länge sedan hade hon varit hemma i sitt kloster. Hon hade lämnat värmen och hennes familj av systrar bakom i hopp om att göra någonting mer av sitt liv.

Det här var hennes straff.

Ensam på en okänd gata i en okänd stad.

Det hände att någon ibland kom förbi och hjälpte henne med en slant eller en bit bröd. Omtänksamma själar fanns överallt, men de var då minst sagt sällsynta. Med kroppen hopkrupen mot väggen och med en smutsig tygbit omsluten kring kroppen. Maria såg ut som en säck potatis kvarglömd vid vägen. Som hon slöt sina ögonlock och försökte att vila för en sekund kom en av de så sällsynta främlingarna förbi.

»Det får mitt hjärta att värka,« sa han. »Att se någon så ung och vacker så mager och trött.«

Mannen var minst femton år äldre än henne och klädd i en stilig kostym. Han skulle mycket väl kunnat vara en av gästerna från Aftonstjärnan.

»Kom med mig,« fortsatte mannen. »Jag ska se till att du får ett rent ombyte kläder och så kan du väl göra mig och min familj sällskap vid middagsbordet.«

En främling så givmild fick Maria att tänka till. Varför skulle en rik man bjuda hem en hemlös kvinna? Bara för att vara snäll? Nej, Maria visste då bättre.

»Tack, men det är för mycket,« sa hon. »Jag vet inte ens vad du heter.«

»Mitt namn är Rupert de la Croix och jag lovar att det inte är för mycket. Kom, följ med mig.«

Han räckte ut sin hand och väntade på flickan att acceptera hans erbjudande. Själv kunde hon inte riktigt se honom i ansiktet. Det kändes fel att tacka nej till en sådan tillsynes hederlig gest. Hur kunde hon egentligen? Blotta tanken om att inte bara få mätta sin hunger, utan att bli medbjuden på middag. Tröttsamt reste sig Maria.

Mannen fångade henne och tog graciöst tag om hennes arm. I ett lugnt tempo eskorterade han henne förbi restaurangen där hon så kallt blivit nekad hjälp. Hovmästaren stod utanför och tog farväl till ett av de många sällskapen.

Minen på hans ansikte när han fick syn på Maria var ett uttryck hon aldrig skulle glömma. En sorts blandning mellan avund och ilska. Det var tydligt att han inte var glad över att se henne. Som han så uppenbart stod och blängde på henne började en känsla komma tillbaka. En känsla som för länge sedan försvunnit från Maria. Hon kände sig mer jämlik de andra människorna. Hovmästaren, kyparna och alla bortskämda gäster, de var då inte bättre än henne. Deras liv var inte mer värdefulla. Med Rupert vid sin sida, kanske Maria kunde återfå ett någorlunda normalt liv.

Kanske det här var början till en förändring.

De gick upp mot Hälsings huvudgata, parkerad vid sidan av vägen stod främlingens bil. Ett enastående och mycket modernt fordon. Glansigt svart till färgen och utan tvekan med ett riktigt hantverk under motorhuven, en bil som denna måste ha kostat multum.

»Jag bor inte mycket mer än en halvtimme härifrån,« sa mannen och öppnade dörren till passagerarsätet för att sedan sätta sig själv ned i fören.

Maria steg in och satte sig, hennes mage vred och vände sig så hårt att hon hade svårigheter att andas, inte minst var hon hungrig. Nervositeten steg.

Mannen vred om om startnyckeln och Maria kände bilens väldiga kraft under sina fötter. Inom kort hade de lämnat staden bakom och befann sig nu ute på landsvägen. De körde i vad som enligt flickan själv, måste ha varit mer än en halvtimme. Solen hade sedan länge gått ned över horisonten, det enda ljuset som gick att se var det som kom från bilens strålkastare.

Vad som oroade Maria var det faktum att denna främling vid hennes sida, den här Rupert de la Croix, han var då inte en speciellt pratglad person. Inte ett endaste ord hade han yttrat sedan de lämnat staden. Han var inte alls intresserad av att lära känna henne.

»Ni sa att ni hade en familj,« frågade Maria för att bryta tystnaden.

»Det stämmer,« sa Rupert utan att släppa blicken från vägen. »Jag har en vacker fru och underbar dotter.«

»Så, jag antar att ni vill att jag ska arbeta för er?«

»Arbeta?« Rupert gav henne en frågande blick, men tittade snart tillbaka på vägen. »Nej. Varför undrar du?«

»Någon anledning måste ni väl ha för att hjälpa mig.«

Mannen hade ingenting att säga. Maria blev orolig att hon hade förolämpat honom. »Förlåt mig.« sa hon.

»Ingen anledning att be om ursäkt, jag kan förstå din osäkerhet. Du förstår gud satte oss på den här planeten för att hjälpa varandra. Jag gör bara min del.«

»Det finns inte många goda människor kvar dessa tider. Tack för omtanken.«

Efter en lång resa längs vägen stannade mannen vid ett rött hus byggt av trä. Han körde upp på en gles väg som ledde in i skogen. I mörkret kunde Maria inte se något annat än konturerna av de många träden svaja med vinden. Skogen runtomkring måste varit urgammal, full och liv och fortfarande orörd av mänskligheten.

Några minuter senare hade de kommit fram till mannens hem. En herrgård byggd helt av tegel. En anspråkslös, lite väl alldaglig sorts byggnad för en man som verkade så förmögen. På baksidan stod ett grått torn som tycktes sträcka sig hela vägen upp till himlen. Det såg inte ut att höra hemma.

Mannen parkerade fordonet vid husets sida, stängde av motorn och gick ut ur fordonet.

Maria satt kvar. Hennes mage gjorde volter, hennes kinder som två kokplattor och hennes händer darrade som en flagga i vinden. Innan Maria hunnit samla sina tankar hade mannen öppnat dörren till passagerarsätet. Han räckte över sin hand och hjälpte henne ut, innan han varsamt låste bilens dörrar.

Med flickans arm under sin egen tog han med henne mot sitt hem. Maria själv hade sin blick fäst på molnen och tornet. Det sträckte sig så högt att Maria knappt kunde se var tornet slutade och himlen började.

Ytterdörren var gjord av ek och med treuddiga stjärnor ingraverade i trät. Mannen låste upp och följde henne in i farstun. På väggen hängde ett porträtt av hans familj. I bilden stod mannen i centrum och bredvid honom en kvinna som måste ha varit hans fru. Inte nog med att hon var änglalikt vacker med sitt mörka hår utsläppt, hon var också lång, säkert en decimeter längre än mannen.

Mellan dem stod deras dotter, en liten och nätt flicka med en glimt i hennes stora ögon. Förutom hennes lockiga hår såg hon ut som en yngre variant av sin mor.

»Är de inte vackra?« frågade mannen självbelåtet. En retorisk fråga. Han visste nog mycket väl att en vackrare fru och en sötare dotter knappast gick att finna.

Maria nickade som svar, hennes läppar oförmögna att forma några ord.

De gick vidare in i en massiv sal. Rupert slog igång belysningen och avslöjade för henne ett hushåll som skrek av välfärd. På väggarna hängde porträtt på olika släktingar tillsammans med tavlor av abstrakt konst. Luxuösa möbler inredde rummet och i mitten av allting, en majestätisk trappa som slingrade sig upp till den andra våningen.

In genom vardagsrummet och så ut i en stor matsal. Varenda ett av rummen, besmyckade med kristallkronor hängandes från taket och dyrbara mattor på golven. En hel drös med objekt mer värdefulla än liv, men inte så mycket som ett spår av hans familj.

De kom fram till hushållets kök, Rupert drog undan en matta och öppnade upp en liten lucka. En stege av rostig metall ledde ned till källaren.

Ned i byggnadens tarmar.

»Du sa att vi skulle äta middag med din familj,« påpekade flickan med en darrig röst.

»Jag hade inte insett hur sent det var,« svarade Rupert illa kvickt, han hade kommit förbered med ett svar. »Astrid och Amina ligger nog redan och sover, men kom med här. Jag lovar att mätta din hunger.«

Under mannens direktiv klättrade Maria ned först. Metallen var iskall och gjorde ont att ta på. Nedanför fann flickan sig själv i en mörk och damp korridor. Hon ifrågasatte sitt val att följa med denna man. En främling så givmild som Rupert utgav sig för existerade inte på denna planet. Maria kände sig så dum.

»Jag vill inte det här...« snyftade hon som mannen kom ned. »Snälla, kan vi inte äta där uppe?«

Rupert la sin arm kring hennes axel och förde Maria vidare in i den underjordiska våningen. »Var inte rädd. Jag lovar att inte göra dig illa.«

Längre ned i korridoren stod en dörr. Vattenskadad och insjunken, den såg ut att vara hundratals år gammal. Från sin kavajficka tog Rupert fram en nyckel och låste upp dörren. Han höll om Maria hårt, hela hennes kropp började skaka okontrollerbart. Rupert försökte lugna ned henne genom att stryka Marias arm.

Det fick henne då inte att känna sig tryggare.

»V-vad ska bli av mig?« stammade hon fram.

»Du ska få din måltid och så ett rent ombyte kläder. Jag håller mina ord ska du veta.« Rupert hade ett stort flin över sin mun. »Jag vet att det inte är en hemtrevlig plats, men här nere finns det andra som du.«

»Andra som jag?«

»Sjuka, hemlösa och annars bara fattiga. Människor som ej haft turen med sig i livet.«

Källarvåningen var byggd av mörkgrå sten. Enkla glaslyktor var sporadiskt uppsatta längs väggarna och försåg rummet med ljus. Ingenstans såg hon skymten av de andra personerna Rupert hade nämnt.

De kom fram till ett rum där en rad bänkar stod linjerade fram mot ett stort altare. Ingraverat med samma sorts stjärnor som Maria sett på bostadens dörr. Det hela såg ut som ett sorts underjordiskt kapell.

»På söndagar håller vi gudstjänst här nere,« sa Rupert som de gick vidare.

»Så du är en präst?« frågade flickan.

»Nej, inte riktigt. Jag är läkare, men du ska bara veta vilka framsteg mina patienter gör med gud vid sin sida.«

På den andra sidan kapellet gick de genom en stor port gjord av likadan gråsten som väggarna, och därefter nedför en trappa. Desto längre ned i husets tarmar de gick, desto mer steg ångesten inom Maria.

Rupert höll om henne allt hårdare som de gick in i ett rum med en jättelik kristallkrona hängandes från taket. Flera hundratals kristaller lös upp det stora rummet. Placerat i perfekt symmetri under kronan, ett stort cirkelformat bord.

»Sätt dig ned så ska jag se vad jag har att bjuda på,« sa Rupert och pekade på en av stolarna kring bordet. I ett raskt tempo gick han iväg in genom en dörr på andra sidan rummet.

Maria gjorde som han sa och satte sig på en av stolarna, vid hennes sida stod en karaff fylld till toppen med vatten. Hon tog sig ett glas och hällde i sig den underbara vätskan. Det var länge sedan hon hade druckit något så pass rent. Den där behagliga, något metalliska smaken. Hon hällde upp ett till glas och drack det lika snabbt.

Efter ett par minuter kom Rupert tillbaka med en brödkorg i ena handen och en tallrik med smör, skinka ost och korv i den andra. »Du får ursäkta mig, vi hade visst inte så mycket att bjuda på,« sa Rupert som han satte ned maten framför Maria.

Sittandes stel i sin stol. Flickans mun började vattnas som mannen gav henne en gaffel och en vass liten kniv.

»Det här är mer än tillräckligt. Tack så mycket!«

Hastig i sina rörelser. Maria roffade åt sig en bit bröd och bredde på en generös mängd smör med en skiva skinka och en ännu större bit ost. Snabbare än hon ens kunde tugga slukade Maria smörgåsen och gjorde genast en ny åt sig själv. Den här gången med mer skinka.

Efter att ha ätit upp halva smörgåsen kände Maria redan hur hennes magsäck fylldes upp. Efter att inte ha ätit på flera dagar, hennes mage var inte redo för en måltid av denna storlek. Det gjorde likväl detsamma vad hennes kropp hade att säga. Maria skulle äta upp varenda tugga av den mat hon blivit serverad.

Vid hennes sida hade Rupert slagit sig ned. Han tog ett av de många glasen och hällde upp lite vatten till sig själv. Inte för att han drack av det. Som ett konstverk, han höll upp glaset framför sig och granskade det stilla vattnet.

»Glöm inte att dricka också,« sa mannen.

Flickan tog ett tredje glas. »De andra människorna du talade om, var är de?«

»Oroa dig inte om dem, fortsätt bara äta.«

Den sista biten smörgås åt flickan upp i ett nafs, hon släppte ut en utdragen gäspning och greppade tag om en bit korv. Hon tappade ned den, tillbaka på tallriken. Någonting var på tok.

Maria hade ingen känsel i sina fingerspetsar.

Rupert ställde sig upp bakom hennes stol och la sin hand på hennes axel. »Oroa dig inte, fortsätt bara äta.«

En urladdning energi susade genom flickans kropp som hon insåg att det var mer än bara vatten och mat hon blivit serverad. Den där metalliska smaken hade spridit sig genom hela hennes gom.

Det var inte så vatten skulle smaka. Yr i huvudet, Maria kunde i själva verket inte bry sig mindre. Allting hon kunde göra vid denna punkt vara att fortsätta äta. Det dröjde inte länge innan hon, med huvudet mot bordet, somnade in. Synen av all den mat hon inte ätit upp var det sista hon såg.

Vad som kunde ha varit ett par timmar, eller likväl flera dygn gled förbi innan Maria återfick sitt medvetande. Till en början var händelserna av hur hon kom dit en stor minneslucka, men inom kort kom minnet tillbaka. En klackspark mot hennes sinne.

Läkaren, den där maten och denna dunkla källare. Maria hade fallit rakt i hans fälla. Inlåst i en trång cell utan fönster och utan andra förnödenheter annat än en hink vatten, ståendes vid en dörr gjord av ruttet trä. Stanken av mögel låg i luften, men det var någonting annat där. En lukt mycket mer överväldigande, som en kanna mjölk kvarglömd i solen. En vidrig odör blandat med en sensation som fick näsan att kittlas.

Som en blixt reste hon sig upp ur sin stenhårda säng. Hon tog ett språng mot dörren och försökte ta sig ut. Dessvärre var dörren inte bara låst, den var som fastspikad i sin ställning. Hur hårt hon än ryckte, dörren satt fast. Inte heller var Maria inte var ensam i sin cell. Ovanpå en annan säng låg en äldre herre och ruttnade. Det var han som utsöndrade den vidriga lukten, långt och tovigt hår vilade på hans huvud och med ett lika långt, ovårdat skägg kring munnen.

Det var hans ansikte som verkligen skrämde Maria.

Mörbultad bortom intet. Läkaren hade tagit hans ögon och grundligt förstört hans näsa och öron.

Maria hade svårt att tro hennes cellkamrat ens var vid liv. Allt som fanns kvar för att känneteckna mannens mänsklighet var hans hår. Det var ingen fråga om han hade fått en infektion eller inte. Frågan var bara hur lång tid han hade kvar i denna värld, denna trånga cell.

Rupert hade talat om andra människor han hjälpt. Fattiga, sjuka och hemlösa. Kunde Maria förvänta sig en liknande behandling?

För att rädda den gamle mannens liv behövde Maria agera snabbt. Hon letade rätt på hans puls och fann rytmen av ett hjärta som slog på sin sista vers.

Maria ryckte bort en bit tyg från filten på hennes egen säng. Hon dränkte tyget i hinken med vatten och rensade ut mängder av det vax som täckte mannens ansikte. En underlig substans. Hårt som sten, men ändå sprött som aska. Mer likt cement än någon sorts kroppslig vätska. Efter att ha rensat ut det mesta av denna illaluktande substans stötte flickan på en hinna som skyddade mannens inre från den bakteriefyllda miljön utanför.

Maria ryckte bort en till bit tyg och dränkte även det i vatten. Så gott hon kunde fortsatte hon rengöra såren kring hans näsa, kring hans öron och inuti hans mun. Ifall hon hade haft antibiotika och några bandage kanske hon kunnat rädda mannens liv, men vad hon än skulle göra. Hans liv var bortom hennes kontroll.

Maria var på väg att resa sig upp när mannen, med en grumlig röst började tala med henne.

»Åh Magda, du har kommit tillbaka till mig.«

Maria sa ingenting, hon stirrade på hans mun som den mot alla odds, rörde sig i samklang med hans ord.

»Det har inte varit lätt sedan du försvann,« fortsatte mannen, mer och mer klar för varenda ord han yttrade. »Nu är vi tillsammans igen, och sanna mina ord när jag säger att jag ska föra dig bort från denna mörka plats.«

Försiktigt tog mannen tag i Maria och strök sina fingrar längs hennes arm. Inte underligt att han var förvirrad. Maria förstod inte heller vad som försiggick och hon hade ju fortfarande sina sinnen i behåll.

»Jag älskar dig Magda. Jag hoppas att du vet det.«

Maria kunde inte hjälpa sig själv från att le.

»Jag älskar dig med,« viskade hon in i ett av hans förstörda öron. Osäker om han ens hörde vad hon sa. Trots att Maria inte alls var den kvinna han trodde henne vara. Hon hjälpte honom gladligen till att drömma sig bort från denna vidriga plats.

Kort därefter förlorade han åter sitt medvetande.

Han lämnade cellen tyst och Maria ensam. Hon letade rätt på hans puls och blev belåten över att känna hans hjärta slå. Maria hade gjort allt hon kunde. Hon slog sig ned på sin säng och funderade på vad som väntade henne härnäst. Hon försökte koppla bort den verkliga situationen och leva sig in i gamla minnen. Barndomen och hela hennes ungdom spenderat vid klostret. Ju mer hon tänkte på hur hon levt sitt liv, desto mer steg ångesten. Snart skulle hon dö och inte en endaste person skulle komma ihåg henne.

Systrarna där hemma hade aldrig varit henne speciellt kära, hon hade alltid känt sig utanför. De var säkert glada över att se henne försvinna, men om de visste just var hon befann sig.

Som tankarna blev för mycket reste sig Maria och tittade till den gamle mannens livstecken. Hans puls var någorlunda stabil, men hur mycket hon än försökte hitta hans anda. Mannens lungor hade gett upp.

Efter flera timmar av tystnad kom Rupert tillbaka. Inrusande genom dörren, han bar nu en vit rock och hade på sig ett par tjocka glasögon. Han såg visserligen ut som en läkare, men Maria visste bättre. Denna man var inte intresserad av att hjälpa någon. I hans huvud fanns endast tankar om lidande och tortyr.

Här för att hämta Marias ögon och hennes förnuft.

Hon satt kvar på sin säng och tog ett djupt andetag.

För tillfället verkade han inte ett dugg intresserad av henne. Hans uppmärksamhet var riktad mot den stackars gubben. Rupert såg förvånad ut som han inspekterade sitt offer.

»Fint arbete,« sa han och tittade på Maria. »Jag hade läget under kontroll, men det är minst sagt en fin tanke.«

Själv försökte Maria undvika ögonkontakt, men som hon stirrade ned mot golvet såg hon hans ansikte. Ett leende över läpparna och en smula beundran i blicken. »Du måste ha blivit rädd när du först såg honom. Du måste tro mig vara ett monster.«

Maria teg. Hon kunde inte riktigt förstå hur en man kunde vara så dubbelsidig. Rupert satte sig ned på sängen bredvid henne. Han tog tag i hennes hand och var på väg att säga något.

Maria avbröt honom och förde undan sin hand. »Hur kan du göra något sådant mot en annan människa? Vad kan han ha gjort för att förtjäna ett sådant öde?«

»Du måste lita på mig när jag säger att han är på en bättre plats. Han är med sina älskade, han är tillsammans med gud!«

»Tror jag knappast.« Maria reste sig upp och gick fram till gubben. »Han ligger på en hård bädd i en mörk cell med sitt ansikte borttaget. Vad som helst vore bättre än det här.«

Rupert satt kvar. »Som du lär känna mig kommer du förstå att jag faktiskt är en god människa. Jag gör ingenting för att skada dessa människor. Jag gör guds arbete, jag gör världen till en bättre plats.«

Maria vände sig mot Rupert. Han talade med en avsevärd glimt i sina ögon. Svårt att avgöra ifall det var en ton av ärlighet eller en fläck av dold ambition.

»Vad kommer bli av mig?« frågade hon.

»Jag vet inte,« sa Rupert. »Vad vill du?«

»Jag vill att du tar mig tillbaka till Hälsing.«

»Det kan jag tyvärr inte tillåta. Du vet redan för mycket om mitt arbete.«

»Så du kommer ta mina sinnen ifrån mig?«

Rupert skrattade. »Nej. Jag tror att du kan tjäna mig på andra vis. Du har redan visat dig vara en kapabel ung kvinna. Säg mig, vad skulle du säga om ett jobb?«

»Ett jobb, som vadå?«

»Jag behöver en assistent, du kan få äran att ta hand om mina patienter när jag själv inte har tid.«

En tjänst som djävulens assistent.

Nej. Maria skulle hellre dö.

»Vad om jag säger nej?«

Flera sekunder gick förbi innan Rupert svarade. »Jag kan självklart hitta andra uppgifter för dig, men jag behöver verkligen en assistent.«

»Då har jag väl inget val.«

»Äsch!« Rupert la sin arm kring henne. »Muntra upp dig. Vänta bara tills du får träffa min underbara dotter. Du kommer inte kunna bärga dig själv från att le.«

7.

Precis som Jon och Robert tidigare. Anastasia var helt besatt av tankar kring ljus, mörker och rum. Men till skillnad från dem behövde Anastasia inte någon samtalspartner. Hon pratade på vare sig Amina lyssnade eller inte. »Mörkret är alltid större än ljuset,« sa hon. »Och till skillnad från ljus, mörkret kommer alltid att existera. Långt efter ljuset har slocknat.«

Amina försökte vara tålmodig. Hon försökte finna någon sorts substans i Anastasias tal. Som de nådde matsalen fann hon mod att avbryta sin nyfunna vän.

»Jag gjorde det där åt dig,« sa Amina och pekade på maten hon skurit upp tidigare.

»Tack, men jag är inte hungrig,« sa Anastasia. »Du måste förstå att mörkret är ett resultat av rummet!«

»Du sa ju att du var hungrig förut!«

»Nej tack, det är bra.«

»Men...«

Amina ledde Anastasia upp för trappan, in i rummet där hennes vänners lik låg utspridda kring altaret. Att det ens var möjligt kunde Amina knappt tro, men rummet luktade nu ännu värre. Kropparna hade börjat sönderfalla i realtid. Vilken lukt som var värst, detta förfärliga kapell eller det underjordiska fängelset. Amina kunde inte avgöra.

Både förruttnelse och mänsklig avföring var likartade, i att varken doftade som blommor.

Anastasia brydde sig inte alls, hon bara babblade på. »Mörkret finns alltid där i bakgrunden, även på den ljusaste av sommardagar...«

»Mörkret är väl bara avsaknaden av ljus,« sa Amina. »Du kan gå in i ett mörkt rum med en lykta och lysa upp allt. Du kan inte gå in i ett ljust rum och göra det mörkt på samma sätt.«

»Du vet inte vad du pratar om,« sa Anastasia, ett tydligt inslag av frustration i hennes stämma.

Amina kom med en till kontring. »Ljus är någonting. Mörker är ingenting.«

»Du förstår inte. Mörkret är allting!«

Aminas kommentar fick iallafall fått tyst på Anastasia. Själv förstod inte Amina vad hon sagt. Hon försökte bara prata på med flödet. Det var väl den metoden Anastasia använde sig av när hon själv talade.

Ljus och mörker. Vad gjorde det för skillnad?

Världen omkring dem, målad i gråhet och apati.

Allt Amina verkligen ville vid den här punkten var att få se soluppgången. Allt hennes hopp begravt i minnet av den där gyllene globen. Hon skulle få se den igen, men inte ensam. Inte utan far och mor. Inte utan Maria.

De gick igenom operationssalen. Amina försökte snabba upp tempot. Chanserna fanns ju att någon ond vålnad lurade kring närmaste hörn. Anastasia däremot, gick inte att skynda på. Hon lunkade fram i sin egen takt och beskådade omgivningen. »Det är annorlunda än jag förväntade mig,« sa Anastasia.

»Känner du inte igen dig?«

»Nej, men jag tror att det var där som jag dog.« Anastasia pekade på ett av operationsborden. »Eller slumrade till snarare...«

»Vad egentligen gjorde min far mot dig?«

Anastasia stannade. »Jag vet inte. Jag kommer inte ihåg, men jag vet att jag var nånstans i närheten av en öken. Eller en ökenstad snarare, massa fåglar var där. De simmade omkring i sanden.«

En del av Amina ville inte lyssna på vad Anastasia hade att säga. Visserligen var hon ett av fars offer och hon förtjänade all sympati i världen för det, men i grund och botten var hon ett onaturligt väsen. Tydligen inte ett monster, men inte heller mänsklig. Inte så mycket som en skråma gick att hitta på henne. Till och med hennes hår var ju fixat! Någon hade tagit tiden att borsta det, inte kunde det vara far. Förmodligen Maria.

Vackrast var det underliga skenet i Anastasias ögon. Inte alls som de andra vålnaderna. Någonting med Anastasia skrek av liv.

»Jag vet att jag har varit borta länge,« sa Anastasia efter en lång tystnad. »Och jag vet att jag varit uppe bland stjärnorna.«

Vad kunde Amina egentligen säga? Vad än Anastasia varit med om, det lät snarare som än dröm än någon sorts verklig plats. »Inte mycket längre nu,« sa Amina till slut. »Vi är nästan där, lite till bara.«

Amina gick raka vägen igenom galleriet, in i rummet där hon tidigare hittat alla ögonen. Att far märkt dem alla med namn och ålder var till stor hjälp.

»Vad var hans namn?« frågade Amina som hon sökte runt bland behållarna. »Mannen som hjälpte dig.«

Anastasia svarade inte.

Hon var inte ens där!

Amina måste ha förlorat henne på vägen. Hon gick ut i korridoren och sedan tillbaka in i galleriet. Anastasia stod och talade till de många dockorna. De såg verkligen ut att höra hemma med varandra.

»Jag vet att ni har sett honom!« skrek Anastasia. »Stå inte bara där, säg något!«

Inte nog med att dockorna såg lika levande ut som Anastasia. De var alla oerhört vackra. Anastasia stack dock ut, inte nog med att hon var så mager och sorgsen.

Hon var den enda av dockorna som gick på två ben.

Hon var enda dockan som talade!

»Vad gör du? Kom med mig,« ropade Amina.

»Han är här någonstans,« sa Anastasia.

»Vem då?«

»Rolf.«

Amina tänkte efter, namnet lät bekant. »Var det han som räddade dig?«

Anastasia svarade inte, hon bara stod där, blicken fäst på en av de många dockorna. Amina vände om, det kan inte ha funnits många med namnet Rolf. Om det var hans namn så måste ögonen finnas i förvaringsrummet. Ensam gick Amina tillbaka och sökte igenom behållarna.

Som hon hade trott, det fanns bara en vid namnet Rolf som hade vistas där nere. En viss Rolf Storm, 15 år gammal. Knappast kunde det vara mannen från cellen. Han måste ha varit mycket äldre, säkert omkring fyrtio, om inte ännu äldre. De ansiktslösa vålnaderna såg ut att vara hundratals år gamla.

Anastasia verkade i vilket fall som helst mån om att få tag på denna Rolf. Kanske hans ögon kunde hjälpa. Hon plockade på sig både burken med Rolfs ögon, men hon tog också ett annat par som tillhörde en viss Gunnar Rönn. Anastasias vän borde nöja sig med vilka ögon som helst.

Packningen hade blivit för tung. Hon behövde bli av med någonting. Amina la lyktan och lampoljan åt sidan. Det var tänt i de flesta av källarens rum, den brandfarliga oljan var inget hon gärna bar omkring på ändå. Lite lättare på sina fötter gick Amina tillbaka ut till Anastasia, som hade tagit sig halvvägs genom galleriet. Med koncentration i blicken kollade hon igenom varenda docka.

»Jag hittade Rolfs ögon,« sa Amina för att fånga Anastasias uppmärksamhet.

»Hans öga!« sa Anastasia. »Då är han alltså kvar.«

»Kanske. Jag vet inte, men här, ta dem.« Amina räckte över behållaren. Efter en kort stunds tvekan tog Anastasia emot burken. Helt ovetande om vad hon skulle göra med föremålet. Anastasia snurrade runt behållaren mellan sina händer. De inlagda ögonen följde med rörelsen. De liksom stirrade på henne.

»Jag måste hitta honom,« sa Anastasia. »Han är fortfarande kvar här nånstans, och han har mina minnen med sig! Jag kan känna det.«

Nu tyckte Anastasia att det var lägligt att snabba upp hennes tempo. Med stora steg gick hon bort mot dörren som ledde till bostaden.

Amina följde efter. »Hallå, vart ska du? Jag trodde vi skulle hjälpa den där ansiktslösa gubben!«

Anastasia ignorerade henne. I ett raskt tempo gick hon iväg. Amina sprang ikapp och tog tag i flickans arm. Den var till och med tanigare än den såg ut.

»Du förstår inte,« tjöt Anastasia. »Jag måste hitta honom. Det finns ingen annan väg!«

»Jag förstår ingenting! Nej, men det är för att ingen berättar någonting för mig!«

»Tro mig när jag säger att det är för det bästa. Du måste hitta din farsa Amina, och jag måste hitta min brorsa.«

Amina släppte taget om hennes armar och knöt ihop sina egna. Varför kunde Anastasia inte förstå att Amina behövde någon vid sin sida? Ingen fråga om saken. Amina var tvungen att genomlida sin resa på egen hand.

»Vi kommer träffas igen,« sa Anastasia.

Amina hade redan börjat gå ifrån henne. Dessa dockor och vålnader, hur livliga eller förskräckliga, hur patetiska eller fantastiska. De hade inte ett pålitligt ben kvar i deras kroppar.

I full fart rusade Amina igenom operationssalen. Hon skulle ta sig igenom den där sketna dörren. Både Dzakar och Gabriel var säkert där bakom någonstans, de skulle lyssna på vad Amina hade att säga. De hade själva sagt att hon var speciell, och från det hon faktiskt förstod, så måste det finnas en anledning till varför hon inte var död än. Far hade också mycket att stå till svars för, men det var annorlunda. Han var iallafall en människa. Vad än dessa demoner och änglar var för sorts kräk, de hörde inte hemma i denna värld.

Resterna av Aminas vänner och Daniel låg fortfarande kvar och stank. Den här gången skulle Amina inte låta lukten störa henne. Hon pressade ihop sina näsborrar och försökte öppna upp sig till verkligheten. Hur skev denna verklighet än var. Om ett par timmar skulle allt vara över. Långt ovanför henne skulle solen resa sig. Det var bara en fråga om tid.

Hur länge Amina hade varit nere i källaren hade hon ingen aning om. En timme eller en evighet, det gjorde likväl detsamma.

Amina trampade rakt på Daniels döda kropp som hon korsade rummet. Hennes fot gick nästan igenom hans ruttna bröstkorg. Hon gick fram till trädörren och testade ifall den mot alla odds var öppen. Lika klart som hennes vilja, fortfarande låst.

Med sin näve stängd förde Amina upp sin hand mot dörrens yta. Med ständigt ökande kraft knackade hon till. Snart fann hon sig själv stå och banka på dörren.

»Släpp in mig! Jag klarar inte av det här längre.«

Som hon bankade allt hårdare och hårdare, kände hon hur blodkärlen kring hennes hand krossades. Om hon fortsatte mycket längre skulle hon ta skada.

»Jag kräver att ni släpper in mig!« vrålade hon.

Hur ont det än gjorde. Amina skulle inte ge upp. Hon skulle gärna offra sin arm för att få tag på demonerna.

Slag på slag. Ingen kom för att öppna.

Det lät inte ens som att det fanns någon på andra sidan. Det enda som hördes var ekot av Aminas bankande och flåsande. »Öppna nu! Annars... annars...«

Amina sträckte sig ned i sin väska. Hon tog upp sin kniv, fortfarande nedstänkt av vax. Hon höll upp den, riktad mot sig själv. »Jag kommer att göra det!«

Med sin högra hand kramade Amina hårt tag om knivens skaft. Hon förde bladet mot sin ömma strupe. Händerna skakandes bortom kontroll, svärdet så tungt. Hon tog med sin andra hand tag om skaftet i ett försök att hålla kniven mer stabilt.

Ett djupt andetag. Amina räknade ned från tio.

Rörelsen av hennes andning minimal, men tillräckligt för svärdet att bryta huden. Några droppar blod rann ned längs bladet för att beblanda sig med vaxet. Den skarpa, sträva känslan fick henne att förlora fokus. Igen började hon skaka förfärligt. Istället för att råka ta sitt eget liv, slängde Amina kniven åt sidan.

Hon kunde inte göra det, hur än förfärligt - självmord var inte svaret. Om något hade det endast tillfredsställt dem där förbannade demonerna.

»Vad vill ni att jag ska göra?« Amina föll ned på knä, blundade och så högt hon kunde skrek Amina rakt ut. Hennes dån förstärktes av den enorma massan tårar bakom hennes ögonlock. Amina tillät inte sig själv att gråta, dem där djävlarna skulle inte få den äran. Hon la sig ned i fosterställning och gav upp hoppet om att göra sig själv hörd.

Varför kunde inte Gabriel se att hon försökte?

Varför kunde inte Dzakar se att han redan vunnit?

Amina skulle ligga kvar där tills allting var över.

Från trappan, Amina hörde ljudet av en annan plågad ande. Det kunde bara vara en person - Gunnar.

Hans läte ekade upp för trappan. Det fanns en sorts rytm i hans skrik. Det blev lägre, men alltmer utdraget som han kämpade för att ta sig upp. Som lätet från en vilsen varg. Det gick inte att avgöra ifall hans skrik var av en arg eller bara förtvivlad karaktär.

Amina ställde sig upp och tog fram behållaren som innehöll gubbens ögon. Hon plockade även upp sin kniv. Om Amina kunde, skulle hon ge honom det han ville ha, men om Gunnar bestämde sig för att göra något dumt. Dessa vålnader skrämde henne inte.

Dumma, tröga och blinda bortom intet. Amina var redo, men han kom aldrig. Han kunde väl inte bara ha gett upp? Hon gick närmare för ta sig en titt. Några fåtal steg från trappans övre kant, kravlade han sin väg upp. Amina hejade på honom. »Du är nästan där, inte mycket längre nu!«

Vålnaden tycktes inte höra henne. Inte så underlig när hans öron var täckta av vax. Amina tog ett steg ned och stampade till ett par gånger. Hans detaljlösa ansikte for upp, riktat mot henne. Trots att han varken kunde se eller höra, han kunde tydligen känna vibrationerna färdas genom stenen.

Ett infall av vilja satte fart på honom. Som en spindel klättrade han upp den sista biten. Amina tog några steg tillbaka som Gunnar tog sig in i rummet. Han reste sig upp på sina knän framför Amina.

Hans händer höll han framför sig.

»Jaeg seer,« sa han. »Jaeg kaeener.«

»Ursäkta?« sa Amina. Hon kunde inte avgöra ifall han pratade ett annat språk eller om det var meningslöst pladder. En sak stod tydligt, han ville ha någonting från henne. Det kom inte direkt som någon uppenbarelse.

Amina räckte över behållaren.

Det var ingen fråga om att Gunnar, på något sätt kunde uppfatta världen omkring sig. Utan syn eller hörsel borde det komma naturligt att utveckla sina andra sinnen. Amina kunde inte hjälpa sig själv från att fundera kring hur världen såg ut för honom.

Konversationen mellan Jon och Robert blev genast lite mer förnuftig. Gunnar var endast kapabel till att känna världen omkring sig.

Långt ovanför sitt huvud lyfte han burken och brast ut i skratt. »Taeck flicke, taeck!«

Två ord Amina kände igen. »Ingen orsak,« sa hon.

Vågorna i hans skratt förlorade sin riktning och blev alltmer hysteriska. Med sina händer strök han om burken. Amina försökte tvinga sig själv till att känna någon sorts glädje för stackaren. Det hela förändrade dock inte faktum att han blott var skalet av en individ.

Gunnar reste sig upp och skruvade av korken. Helt utan försiktighet drog han ut ögonen ur den gröna massan. Det var inte en vätska som Amina förväntat sig. Snarare en trögflytande substans som hade förvarat ögonen i ett perfekt skick. Ända tills Gunnar fick sina fingrar på dem. Han smekte ögonen mellan sina händer. Farligt nära att pressa dem sönder och samman.

Likt hur en hund morrar mot ett främmande hot, hans euforiska läte förvandlades till ett alltmer ilsket uttryck. Gunnar klämde isär ögonen mellan sina fingrar. För att sedan slå ihop dem med varandra.

Det var ingen fråga om saken.

Han förstod att det inte var hans egna ögon.

Gubben framför Amina var inte Gunnar.

Hon höll tag om sitt svärd, redo att slå till.

Vålnaden föll ned på knä och började ryta frenetiskt.

»Du vet vad du måste göra.« En demonisk närvaro hade återvänt för att hemsöka Aminas sinne - Dzakar.

Hon var då inte demonernas lekdocka!

»Kom hit och möt mig!« vrålade hon. »Säg inte att du är rädd för en flicka!«

Dzakars skratt ekade i hennes skalle. »Du äcklar mig. Jag vill helst inte slösa bort någon tid på dig.«

»Så vad gör du i mitt huvud?«

»Jag är här för att jag måste. Avsluta honom.«

»Nej aldrig i livet! Du får komma hit.«

»Gör som jag säger, annars målar jag ditt rum med dina föräldrars blod!« Demonens skratt ekade ännu högre. Amina själv var mest bara trött. Dzakars tomma hot skrämde henne inte. Hon kunde dock inte förneka att hon behövde hjälp.

Gunnar, eller vad hans namn än må ha varit, hade sitt förstörda ansikte begravt i sina händer. Inkapabel till att ens fälla en tår. I själva verket var han ingen som helst fara för Amina. En vilsen själ som inte ens kunde se sitt eget helvete. Han skulle inte göra en fluga förnär om han så försökte.

Amina tog ett steg fram, särade på hans händer och lyfte upp hans haka. »Förlåt mig,« sa hon och sköt in sin kniv i Gunnars hals. Bladet gick igenom den halvruttna vävnaden, hela vägen ut genom nacken.

Som Amina drog ut sitt svärd flöt gröngul sörja blandat med vax ut ur såret. Han viftade med armarna i en sorts försenad reaktion, innan han grep tag om sin hals och föll bakåt.

»Avsluta honom!« vrålade Dzakar.

I sin kamp mot döden - med hjälp av sina fingrar satte vålnaden tryck mot såret på hans hals.

Amina böjde sig ned.

Sörjan som till början hade gjort sin väg nedför strupen, hade satt stopp för sig själv. En ljusgrön skorpa hade bildats kring såret. Siktande rakt mot hans ena ögongrop, en andra stöt var allt som behövdes.

Vålnadens kropp skakade som Amina förde in sin kniv, när hon slutligen drog ut den, ryckte han till.

Hans lik blev det fjärde att fylla upp detta kapell. Liksom Jon och Robert. Hans slut må ha varit oförtjänt, men de hade alla dött så att Amina kunde ta sig vidare. Någon sorts mening fanns att finna.

Med sin blusärm torkade Amina av sitt svärd. Det var helt täckt av rosa hjärnmassa. Om hon verkligen ville ha sitt svärd rent, skulle hon behöva vatten, men egentligen brydde hon sig inte.

Hela hennes kropp var öm, hennes kläder smutsiga.

Redo för strid. Amina tittade bort mot dörren.

Gabriel kom ut, prydligt klädd i sin mörka kostym och ståtliga hatt. Han var tvungen att ducka för att ta sig under det låga taket.

»Min unga dam,« sa han. »Jag ber om ursäkt.«

Amina skulle inte ge honom en chans. Med sitt svärd redo att slå till, Amina for i en väldig fart fram mot den udda varelsen. Precis som mot Daniel, hon släppte lös ett vrål som hon högg in mot Gabriels kropp.

Kniven vek av.

»Jag är inte här för att skada dig,« sa Gabriel

Amina försökte igen. Den här gången genom att placera ett snitt högre upp, men med betydlig mer kraft.

Igen vek sig svärdet från hans kropp.

Hur mycket kraft hon än tillsatte, hennes vapen hade ingen inverkan på Gabriel. Demonen måste ha haft ett inre gjort av stål. Han bara stod där och tålmodigt väntade på att Amina skulle ge upp.

Hon släppte lös ett till vrål och kastade undan sitt svärd. Med tunga andetag försökte Amina ventilera ut den energi som byggts upp inom henne. Hon var då inte klar med Gabriel än, men hon var tvungen att vänta. Höra på vad han hade att säga.

»Du kommer behöva den där.« Gabriel böjde sig ned, tog upp och räckte över kniven till Amina. »Jag vet att du har många frågor.« Han öppnade dörren för henne. »Stig på.«

Dörren ledde till en korridor som inte var inrett med annat än mörker. Gabriel tände en lampa han tog upp från sin ficka, likadan ficka där Dzakar haft sin kniv. Den andra sidan av korridoren var helt beckmörk.

Amina kunde känna någonting där borta.

Inte en syn, inte ett ljud.

En förnimmelse av ett annat slag.

»Vilka är ni? Var är far och Maria? Var är mor?« Amina sköt av fråga efter fråga.

»En sak i taget. Rupert och Maria är vid liv.«

»Och mamma?«

»Tyvärr, hon är inte längre vid liv.«

»Men jag träffade henne förut, jag talade med henne!«

»Endast skalet av en individ. Min unga dam, återigen ber jag om ursäkt, vi fann hennes närvaro nödvändig.«

Ljudet av en padda kunde höras i bakgrunden.

En padda, eller en groda. Allt var så mörkt.

»Vem är du?« frågade Amina.

»Min sanna identitet kan inte förklaras i ert språk,« sa Gabriel. »Du skulle tro mig vara gudomlig.«

»Knappast troligt. Ni är ett gäng satungar. Demoner!«

»Våran påverkan i eran värld har varit mindervärdig som bäst. Vi har inte gjort annat än att assistera din far, eller som nu är fallet. Assistera dig.«

Amina hade ingenting att säga. Hon ville träffa far, mor och Maria. Vad som redan hade hänt, eller hur allt skulle sluta. Allt för tydligt att sanningen ej var till tröst.

»Gud har ingenting med saken att göra heller. Hur mycket din far än må tro det, Rupert är inte ett helgon.«

Amina stannade till och tittade upp mot Gabriels avlånga ansikte. »Var är han?«

»I sinom tid. Först vill jag dela våran gåva med dig.« Från sin innerficka tog Gabriel fram två ampuller. Den ena såg ut att vara fylld med vatten, den andra var tom.

Gabriel räckte över sin gåva till Amina.

Hon jämförde de båda ampullerna, den tomma hade en viss tyngd till sig. Amina såg en förvrängd version av den grå bakgrunden genom glaset. Det underliga var att ljuset från Gabriels ficklampa drog sig mot behållaren, som att den hade ett täcke av ljus kring sig.

»Vad är det för något?« frågade Amina

»Den ena är fylld med destillerat vatten,« sa Gabriel. »Jag antar att du undrar vad den andra innehåller?«

»Du är verkligen smart du,« Amina behövde inte vara ett geni för att förstå den inte var tom.

»Din far kallar det för nihilium, efter det latinska ordet för intet. Han använder sig av detta ämne i sina experiment. Genom att blanda en liten del nihilium med en större del vatten har din far skapat ett serum. Ett serum med egenskapen att föra levande ting bortom döden och tillbaka.«

»Vad vill du att jag ska göra av det?«

»Håll det intill dina händer och släpp aldrig taget,« Gabriel tittade på Amina. »I fel händer kan nihilium användas för att tillintetgöra hela världar.«

Var det här tillfället Amina hade väntat på?

Ampullerna fick henne att känna sig mäktig. Kanske Amina kunde förgöra Gabriel genom att attackera honom med ampullen?

Den osynliga substansen hade ett tydligt värde. Om nihilium verkligen var så farligt som Gabriel påstod, Amina kunde lika gärna vänta lite.

Lyssna på vad han hade att säga.

»Säg mig. Vad vet du om din far?«

»Jag vet att jag älskar honom, det räcker så.«

Gabriel log mot henne. »Ni människor och era känslor. Hade du varit lite äldre skulle du inte säga detsamma. Vad vet du om dina farföräldrar?«

»Jag vet att de bodde i Frankrike. Far flyttade hit när han blev gammal nog.«

»Det är till en viss del sant. Jag skulle snarare säga att han flydde, men sådant är en fråga om perspektiv. Jag tänker ta dig på en resa tillbaka i tiden. Du förstår, vi har förberett en liten teaterpjäs för dig.«

För inte så länge sedan skulle Amina blivit exalterad av att höra ordet teater. Gabriel skulle dock aldrig kunna sätta ett skådespel i rörelse som Amina gillade. Om något var hon redan en del i hans pjäs. En aktör som han med flit ledde vilse.

»Min unga dam, allt du behöver göra är att blunda. Din familj är blott ett ögonblick härifrån.«

»Ett ögonblick härifrån?«

»Lita på mig.«

Amina stannade och gjorde som han sa. Trots att hon slöt sina ögonlock kände Amina hur ljuset från hans ficklampa nådde henne. Hon kände också hur Gabriel släckte sin elektriska flamma.

8.

Amina öppnade sina ögon och fann sig själv i ett mörker. Hon kunde varken se eller höra någonting omkring sig. Vad än den här Gabriel var för sorts varelse, han tycktes inte andas.

»Varför släckte du?« frågade Amina.

Inget svar.

»Hallå?«

Det var så här världen såg ut för de ansiktslösa. Helt mörk, men fortfarande grå. Var det hela ett vrickat skämt från Gabriels sida? Eller var det en lärdom Amina inte hade något intresse av att lära sig?

Hon letade rätt på väggen vid sin sida och ledde sig själv framåt. De kunde försätta henne i mörker, de kunde ta hennes föräldrar, men de kunde inte ta hennes ljus. Någonstans ovanför henne var solen på väg för att förgöra allt mörker!

Ändå förstod Amina att det inte behövde vara såhär, om hon bara hade behållit sin lykta. Nej, att älta var bara ett slöseri av energi. »Är du kvar?« ropade hon.

Inget svar.

Korridoren blev allt mindre desto längre in hon kom. Stenväggarna drog ihop sig och hotade att svälja hennes kropp. Efter en kort stund blev det så lågt i tak och såpass trångt att Amina var tvungen att huka sig ned.

Krypandes fram på alla fyra, med väskan framför sig. Amina var tvungen att lägga sig ned och dra sig själv fram. Desto mer hon pressade, desto stramare blev utrymmet kring hennes bröstkorg. Skavsår tog form från hennes armar ned till hennes midja. Revbenen pressades ihop och hennes andning blev alltmer spänd.

Blint fortsatte hon på sin väg. Hon tryckte igenom sin väska och med huvudet först, följde hon efter. Under hennes fötter försvann golvet. Den en gång hårda stenen förvandlades till sand. Korridoren öppnade upp sig till vad som verkade vara en evigt stor värld.

Ovanför henne, en explosion av blått ljus.

Ur denna explosion, en glob av rött ljus föddes.

I allra högsta grad lik solen, men ljuset var inte alls lika starkt. Det röda ljuset var mer likt det av en eld än en stjärna. Den gjorde iallafall sitt i att försätta landskapet i en illröd ton. Globen hade också avslöjat en öken omkring henne. I varenda riktning steg och sjönk landskapet i stora sanddyner, hela vägen bort till horisonten.

Lite längre fram såg Amina en stuga.

Hon gick mot stugan, när globen av eld slocknade.

På en millisekund vaknade den återigen till liv i en explosion av rött ljus. Hela himlen konsumerades av det massiva utbrottet.

I formen av ett buller bakom henne blev Amina bemött av pjäsens regissör. I ett par kliv korsade Gabriel en av sanddynerna. Hans kropp hade förlorat sin mänskliga liknelse. Säkert tjugo meter lång. De hålor där hans juveler en gång suttit, fanns inte längre kvar, istället satt där två enormt stora juveler. Även hans öron hade försvunnit, kvar var ett massivt hål som sträckte sig igenom jättens hjässa och blottade dess tomma inre. Värst av allt var det tandlösa leende som satt fast på en mun som sträckte sig hela vägen kring hans huvud.

Istället för kostym bar han nu en klänning.

»Vad är du för någonting?« frågade Amina.

»Som allt annat, ett levande ting.« Gabriel behövde inte röra sin mun för att prata. Han uttalade knappt konsonanterna i sitt tal. Amina hade problem att förstå vad han sa, men på någon nivå var orden självklara. Om inte via hennes sinnen. Det fanns en omedveten funktion hos Amina som kände igen sig i hans tal.

Hon tittade bort mot stugan och blev inte ens förvånad när hon såg att den hade förflyttats ned mellan två sanddyner.

Hon tittade upp på jätten. »Var är min far?«

»Först, låt mig introducera din farmor.«

Inifrån sin klänning tog jätten ut en hel människa. En fager kvinna med lockigt, mörkt hår och en blick som vrålade av apati, men likt Anastasia, hennes ögon hade ett lyster till sig. Klädd i samma sorts grå klänning som Anastasia. Det märktes att dockan inte hörde hemma.

Inte Amina heller för den delen.

Ingen av dem hade väl ett val.

»Hon är inte din riktiga farmor såklart, men om jag får säga det själv, de är oerhört lika varandra. Säkert därför din far valt att göra denna kvinna till en docka,« sa Gabriel. Hans röst ekade i Aminas huvud.

»Din farmor, Saffrine Naktgeboden. Som för många människor vid hennes tid. Livet var inte lätt för Saffrine. Hennes egen mor hade dött i barnsbörd, och hennes far hade blivit utkallad i ett av många meningslösa europeiska krig. Saffrine bodde på fosterhem innan hon ens fyllt två.«

Försökte Gabriel göra Amina ledsen genom att dela det här med henne? Hon hade nog med sorg och oro.

»Hon hoppade runt bland olika hem tills dagen kom, då lagen tyckte att Saffrine var gammal nog att ta hand om sig själv. Välsignad med ett vackert utseende. Hon använde sin skönhet för att finna ett levnadsbröd.«

Dockan gick iväg. Amina följde efter.

»Livet är sällan lätt för aftonens flickor. Framförallt inte för de som bor på en Paris bakgator i ett läge av krig. Tyskarna hade invaderat Saffrines hemland. För henne gjorde det inte så stor skillnad vem som styrde. Tysk eller fransk. Invasionen hade iallafall givit henne gott om arbete, ty ingen var mer i behov av Saffrines tjänster än en soldat.«

Trots att Amina gick så snabbt hon bara kunde. Saffrine var på något vis snabbare. Innan Amina ens hade tagit sig halvvägs till stugan, var Saffrine framme. Hon öppnade dörren och gick in.

En till docka hade dykt upp. Klädd i en ståtlig grå uniform. Bröstet besmyckat med ett antal medaljer och band, mannen var utan tvekan en högt uppsatt soldat. Han följde efter Saffrine in i stugan.

Amina skyndade sig för att hinna ifatt. Hon var på väg att öppna dörren, men Gabriel hade andra planer. »Vänta lite, min unga dam.« Jätten hade inga problem att komma ikapp.

Ett steg senare stod han utanför stugan med Amina. »Bara en av din farmors klienter.«

Gabriel bredde ut sin arm över stugans tak och höll för dörren med sin kloliknande hand. Amina tittade in genom en av rutorna för att få syn på dockorna, men de var inte där. Stugan var pytteliten. Dockorna kunde knappast gömma sig där inne.

Amina satte sig ned, lutade sig mot stugan och väntade tålmodigt.

Efter en kort stund öppnades dörren igen. Soldaten gick med ett raskt tempo ut. Amina studsade upp och tittade in. Saffrine satt på en stol med ett litet barn i sin famn. Dockans plågsamma ande hade försvunnit, ersatt av en sorts värme som bara kan uppstå mellan en moder och hennes barn. Ett stearinljus var allt som gav ljus till ögonblicket. Det var tillräckligt för att lysa upp Saffrines vackra, smaragdgröna ögon. Far var sannerligen en konstnär när det kom till hans dockor.

»Saffrine såg barnet som en välsignelse från gud. Det var ett men för henne att förändra sitt liv.«

»Min far är alltså en horunge?« frågade Amina.

»Ja, men var inte så dömande! Saffrine gjorde allt hon kunde för att ge sin son ett bra liv.«

I en singulär rörelse reste sig Gabriel och rakt framför näsan på Amina, stängde han dörren. »Ge dem lite tid, du förstår din farmor lämnade storstaden för ett nytt hem ute på landet.« Gabriel dirigerade med armarna omkring sig. »De fann boende på en farm. I utbyte att Saffrine arbetade på fältet, Rupert likaså när han blev gammal nog.«

121

När dockan och hennes fiktiva barn så småningom kom ut hade pojken växt sig flera gånger större. Eller vad som var mer troligt, dockan föreställandes en bebis hade blivit ersatt med en större variant. Kortklippt blont hår och två klarblå ögon. Amina antog att pojken kan ha påmint om far i den åldern. Hon hade aldrig sett några bilder från hans ungdom.

Gabriel släppte taget om stugan, reste sig upp och nuddade den brinnande globen ovanför dem. Mörkret föll tillbaka över öknen, men snart tändes elden igen.

En ny byggnad hade uppstått ur intet. En vacker herrgård byggd av trä och målad i en himmelsk blå skara. Färgen såg nästan violett ut i det röda ljuset.

Dockorna höll hand som de gick mot herrgården.

»Saffrine anpassade sig till livet på landet relativt bra. Hon tog sig an allt arbete jordägaren gav henne och utförde det med strålande ambition.«

Dockorna släppte taget om varandra och gick i varsin riktning. Saffrine gick in i herrgården medan pojken gick tillbaka till stugan. Det dröjde inte länge innan Saffrine kom ut igen. Hon såg annorlunda ut. Det var definitivt samma docka, men mycket mer sliten. Under hennes ögon, två påsar. Hennes hår var kortare klippt och uppsatt i en tofs. Den aura som hade uppstått när hon var med sin son hade försvunnit.

Hon gick med snabba steg bort mot den lilla stugan.

»Åratal av hårt arbete hade sin effekt på din farmor. Hennes tid var snart ute, likaså var tiden var snart redo för Rupert att påbörja sitt riktiga liv.«

Saffrine gick in och letade igenom stugan.

Amina såg genom fönstret hur Saffrine vände upp och ned på hela stället. Bakom huset kom personen hon onekligen letade efter. Rupert hade återigen blivit ersatt av en större version. Också blåögd, hans hår var ljusare och hans ansikte var inte alls i proportion med den föregående dockan. Han höll någonting i sin hand.

»Ett liv som bonde var inget din far såg fram emot. Vid ett tillfälle, när din far var tonåring, tog jordägaren med honom att jaga. Ett liv som en jägare verkade för honom, mycket mer attraktivt. Rupert var förstås inte en jägare, men han nöjde sig med vad han än fick tag på. Från början insekter och, så småningom djur. Inte så mycket för jaktens skull. Din far hade fattat tycke för att rycka livet ur de små djuren.«

I en rusande fart kom Saffrine farande ur huset. Hon tittade ned på sin pojke och tog objektet han höll tag i. En snuskig päls från ett litet djur, förmodligen en råtta. Med öppen handflata slog Saffrine sin son och gick tillbaka mot herrgården.

När Saffrine nådde fram till herrgården öppnade hon dörren, gick in och kom genast ut igen. Med samma hastighet som förut skyndade hon sig ned till stugan.

»Som du säkert kan förstå, din farmor hade inget tålamod för dessa aktiviteter.«

En fjärde version av hennes son dök upp. Denna ännu mer olik sin företrädare. Fläckigt blont hår, men hans ögon var lika blå som förut. Han hade en ännu större päls denna gång. Saffrine tog pälsen från honom och slog med öppen handflata till sin son inte bara en, utan ett flertal gånger.

Hon tog tag i hans öra och drog in honom i stugan.

»När din far blev äldre hade han tröttnat på den simpla akten att bara döda. Att exempelvis krossa en mus med en sten, gav honom inget av värde. Om något var det mer intressant att dra ut på dödsögonblicket.«

»Vad menar du?« Amina tittade upp på jätten som nu satt på en av sanddynerna, han vände långsamt sitt huvud mot Amina. Juvelerna sken i det röda ljuset.

»Din far fann det mer intressant att hålla djuren vid liv. Att utsätta dem för ett öde som på många sätt var värre än döden.«

Inte en chans att Amina skulle kunnat göra skada på en jätte så stor. Varenda gång hon tittade bort tycktes Gabriel ha växt till sig ytterligare en meter. Hans röst hade blivit långsammare och alltmer oskiljbar. Faktum var att han inte direkt talade till henne. Gabriels fanns inom henne. Inuti hennes skalle. En förnimmelse Amina var allt för van vid.

»Genom att förstöra djurens sinnen trodde sig Rupert ha lurat djuren till att tro dem var döda.«

Ytterligare en docka som förställde far hade uppstått bakom stugan. Han såg inte alls ut som någon av de tidigare varianterna. Lång, kraftigt byggd och med ovårdat hår. Hans ögon stack ut. Bokstavligen, de satt inte fast i huvudet, snarare vilade de lite lätt.

I händerna höll dockan en jättelik råtta. Inte en päls, förmodligen inte heller ett livslevande djur. Råttan rörde sig inte, dess existens hade blivit reducerat till att agera rekvisita i Gabriels pjäs.

Dockan satte sig vid husets kant, tog upp en kniv ur sin ficka och högg in i råttans huvud.

»Hans experiment behövde tid, tyvärr hade Saffrine inte någon plats för djur i sitt hem.«

Mannen kastade råttans sinnen åt sidan en för en. Han började med ögonen och fortsatte med nosen. Hörseln såg ut att vara lite mer av ett problem. Dockan förde sitt blad in i råttans öra och gjorde ett antal snitt. Han upprepade proceduren i råttans andra öra, torkade av kniven med en bit tyg, reste sig och gick in i stugan.

»På din farmors födelsedag tyckte Rupert att det skulle vara roligt att ge bort en av sina skapelser som en gåva. Ett vidrigt skämt för att säga det minsta. Han visste nog att det skulle bli det sista strået för Saffrine.«

Dörren slogs våldsamt upp och ut kom mannen farande. Saffrine kastade över en väska och pekade bort, ut mot det oändliga landskapet. Hennes son reagerade inte. Han bara stod där med sin livlösa blick fäst på golvet mellan Saffrines fötter.

»Om din far inte fick bo kvar, då hade han inte längre någon användning av sin mor.«

Som hon återigen var på väg att slå honom tog sonen tag i sin moders hand och klämde tag. Med sin andra hand slog han henne rakt över näsan.

Amina hörde knaket av hur den bröts.

Saffrine var på väg att falla bakåt, men sonens grepp kring hennes hand hindrade henne från att falla. Han släppte taget om henne och igen, med ännu mer styrka slog han till mot ansiktet. Med det, föll den fagra kvinnan ned på golvet.

Hennes näsa var helt och hållet förstörd, en väldig massa av den familjära sörjan rann ut. Hon kravlade sig bakåt, längre in i stugan. Rupert gick in, hukade sig ned och grep tag om henne. Från sin ficka tog han ut sin kniv, samma kniv han hade använt på råttan.

Flera gånger högg han sin moder i bröstet, varje gång drog han med sig en ny klump av det gröngula vaxet. Saffrine verkade inte ha några organ kvar i sitt inre. Hennes hjärta, en gråbrun klump.

»Du måste ursäkta special effekterna,« sa Gabriel. »Dessa dockor, de är inte alls vad de en gång varit.«

»Vad har hänt med allt deras blod?« frågade Amina.

»De har nått slutet av din fars behandling, han använder sitt serum som ett alternativ till blod. Naturen har gjort er människor mindervärdiga. Ni måste andas, dricka vatten, äta mat. En sådan enorm ansträngning för att existera i det begränsade rum ni kallar för liv.«

Rösten i hennes huvud hade blivit alltmer upprörd. Gabriel, eller vem det än var, den enorma varelsen som satt på sanddynan bredvid henne. Det var inte detsamma som i den verkliga världen. Inte samma varelse som i hennes huvud.

Dockan föreställandes hennes far hade försvunnit.

Kvar låg bara hans moder.

Amina tittade upp mot jätten som hade rest på sig igen. En rörelse som fick marken att skaka.

»Låt oss fortsätta,« sa en röst i den främre delen av Aminas huvud. Det här var inte Gabriels röst. Det här var en padda som talade.

Jätten stod och tittade på som Amina, med sina fötter släpandes, gick upp för sanddynan. Hon gjorde sitt bästa i att inte titta på jätten som hon gjorde sin väg upp, men det var svårt att inte uppenbara en sådan enorm profil.

Vägen fram var så lång, men vägen hem verkade allt desto längre. Aminas familj. Fanns de ännu till? Hur kunde någon levande varelse ens vistas på en plats som denna?

»Min unga dam, inte mycket längre nu,« sa Gabriel. »En helt ny värld väntar.«

Hennes klättrande var iallafall inte i onödan. För varje steg Amina tog kom hon lite närmare toppen. Det enda Amina visste var att hon inte hade en aning om vad som väntade härnäst. Ändå blev hon besviken när hon såg att allt som väntade, var en till dal. Landskapet fortsatte från toppen där hon stod hela vägen ned till en plan yta.

Jätten sträckte på sig och nuddade den falska stjärnan. Världen omkring dem gick tillbaka till totalt mörker, innan jätten igen tände ljuset. Som vanligt i sådana tillfällen hade någonting med omgivningen förändrats. I detta fall - fyra byggnader hade uppstått.

Amina skyndade sig nedför sanddynan.

»Känn ingen press,« sa en av rösterna i hennes huvud. »Vi har all tid i världen.«

Tre av byggnaderna såg riktigt bra ut. Byggda i sten och målade i en orange färg som förstärktes i det röda ljuset. De var förmodligen tagna från samma stad, men de såg lite pinsamma ut, ståendes så nära inpå varandra. Den fjärde byggnaden låg lite längre bort, ett litet hus. Inte mycket större än ett skjul.

Därifrån kom Rupert ut och gick bestämt mot de andra husen. Samma docka som förut. På hans ansikte hade han odlat en mustasch som sträckte sig kring munnen likt en hästsko, och hans ögon hängde fortfarande ut ur deras hålor.

»I sina yngre dagar levde Rupert som en eremit. Han överlevde genom att förlita sig på brott,« sa Gabriel.

Dockan gick mot en av de finare byggnaderna. Utav de tre var den minst. Två våningar hög och inte särskilt bred. En hemkär liten byggnad. Amina kunde tänka sig en familj bo där.

»Rupert var inte alls nöjd med sin livssituation under den här perioden av hans liv. Resandes genom Europa, han sysslade med allt från mindre stölder till rån och mord. Han fann sin egen nisch som inbrottsman.«

Aminas fiktiva far tog upp ett metallföremål från sin ena ficka och bände in det under en av husets rutor. Efter ett par ryck fick han upp fönsterrutan och klättrade in.

»Var inte rädd,« sa Gabriel. »Följ med din far.«

»Jag vill inte,« sa Amina, hennes armar i kors.

»Förr eller senare måste du lära dig sanningen.«

»Jag vill inte!«

Ur en av de andra byggnaderna, bestyckad med galler för fönsterna, kom två större dockor ut. Klädda i blå polisuniformer. De gick fram till huset och bröt ned dörren. Den ena med en fackla i hand, den andra med en pistol. De försvann ur Aminas synfält.

Hon bet sig själv i läppen och följde efter.

De blåklädda dockorna sökte igenom huset.

Inte ett ljud gick att höra. De skyndade sig in genom vardagsrummet, köket och vad som måste ha varit en liten flickas rum. Som Aminas, men mycket mindre. Ett flertal dockor låg och stökade på golvet. Ingen av dem kom i närheten av Milous äkthet.

De fortsatte upp på övervåningen.

Endast en av dörrarna på övervåningen var öppen. Amina kunde se två lik, den ena på sängen, den andra på golvet. Blod täckte hela golvet, sängen och stora delar av väggarna. Rupert hade grävt ut deras ögon och lämnat deras ansikten i en blodig röra. Blodet var väl bara där för synens skull. Dessa lik var ytterligare ett par dockor.

Döda eller levande, vad gjorde det ens för skillnad?

»Vart är flickan?« frågade Amina.

»Sök och du kommer att finna,« sa Gabriel.

En av de andra dörrarna öppnades. Ut kom dockan vars ansikte, Amina hade blivit allt för van vid. Helt täckt av blod, han överraskade den ena polisen som stod vid trappans övre kant. Den andra polisen avlossade sitt vapen och träffade Rupert i axeln.

Han föll ned på golvet.

Poliserna gjorde det tydligt att Rupert var arresterad. De satte på ett handfängelse och drog upp honom på fot. Rupert gjorde inte ens motstånd som poliserna förde honom ut ur byggnaden. De försvann utan att ens titta på Amina.

»Vart ska ni?« frågade hon. »Hallå?«

Tjänstemännen fokuserade enbart på att få ned den galna dockan för trappan, inget annat hade någon betydelse. Amina följde efter. Det var framförallt det faktum att de gick iväg med ljuset som fick henne att bli irriterad. »Ni har glömt bort mig. Gå inte iväg!«

Som de eskorterade ut fången lämnade de huset i ett mörker bakom sig. Amina höll på att snubbla som hon gick nedför trappan. När hon nådde botten tändes ett ljus på övervåningen. Till en början ville hon inget annat än att ignorera händelsen. Ändå vände Amina på klacken och gick tillbaka upp för trappan. I rummet som hade tänts låg en till död docka på sin säng. Nedstänkt av blod och vax. Den här dockan var betydligt äldre, antagligen skulle hon föreställa en faster, farmor eller dylikt. Bredvid sängen, på golvet satt den enda personen som Amina intresserade sig för. En liten flicka, flera år yngre än Amina och med tovigt hår.

Flickan satt nedhukad mot väggen, hennes ansikte begravt i händerna.

»Hej, vem är du?« Amina la sin hand på flickans axel. I ett ryck drog hon undan flickans ena hand.

Precis som hon hade anat. Far hade utsatt flickan för samma sorts behandling som de andra barnen han kommit i kontakt med. Ansikte var förstört, men ögonen satt kvar. Far måste blivit avbruten mitt i akten.

Amina släppte taget om flickan och reste sig upp. »Kanske vi ses igen en dag,« sa Amina.

Flickan rörde inte en muskel, hon bara satt där, tyst och bortglömd. Att övertala sig själv om att dessa dockor inte var människor blev allt svårare. Ingen Amina stött på hade haft blod rinnande i deras vener.

Om de saknade den livskraft som höll människor vid liv, hur kunde de då bli kallade för mänskliga?

Amina reste sig upp och gick tillbaka ut.

Där stod en individ som då inte kunde bli kallad för mänsklig. Dzakar. Klädd i samma kostym som förut, håren på hans händer och ansikte hade växt avsevärt. Amina kunde knappt se hans juvelögon genom allt hår.

»Vad gör han här?« skrek Amina mot jätten. »Jag vill aldrig någonsin se honom igen! Hör du det?«

Amina drog upp sitt, vid det här laget, slöa svärd och riktade det mot Dzakar.

Han gick fram för att möta henne.

»Jag har en roll att spela,« sa han och smekte Amina på kinden. Håret längs hans händer hade klumpat ihop sig. Roberts inälvor satt fortfarande kvar.

Amina svarade genom att försöka snitta upp ett sår på demonens vrist. Kniven studsade som att demonen var gjord av stål.

9.

»Din far skulle aldrig kommit såhär långt ifall det inte vore för mig,« sa Dzakar.

»Tror jag knappast, min far skulle huggit huvudet av dig så fort han såg ditt fula tryne!«

Dzakar fnissade. »Ta det lugnt gumman. Du förstår mycket väl att din far inte skulle kunnat göra det om han så ville. Vilket aldrig skulle varit fallet, jag är hans personliga ängel.«

»Ängel? Det tror jag då inte, du är en satunge!«

Dzakar fortsatte tafsa Amina i ansiktet. Hans håriga fingrar sved till mot hennes hy. »Du är verkligen ett underbart litet djur.«

Igen högg Amina till med sitt svärd, halvdant siktande mot demonens vrist. Hon lyckades faktiskt snitta upp ett ytligt sår! Samma sorts gröngula sörja som hos dockorna droppade ut. Amina fortsatte slå med hennes svärd. Dzakar tog ett steg åt sidan.

En liten, men tillräcklig undanmanöver.

»Lägg av!« röt han. Helt utan svårigheter strök demonen undan från Aminas klumpiga attacker, ändå verkade han nervös. »Gabriel, säg åt henne!«

»Rädd för en liten flicka va?« Amina skrattade. Inte den minsta tanke gick åt hennes balans, eller faktumet att hon inte alls var i en bra position.

»Nu slutar du innan jag blir sur!« skrek Dzakar.

»Inte förrns du är död!«

I vad som i själva verket var en gest av måtta, knuffade Dzakar till Amina. Det krävdes inte mycket för att få henne omkull. Demonen tittade ned på henne, hans ögon, juvelerna såpass uppspärrade att Amina faktiskt kunde se något som liknade sig vid liv.

Rädsla i sin renaste form.

»Nog!« röt en av rösterna i Aminas huvud. »Dzakar fortsätt på ditt uppdrag.«

»Jag försöker, men prinsessan gör det svårt!« Dzakar gick upp till byggnaden polismännen hade kommit ifrån.

Amina reste sig och tittade upp på jätten. Den hade ställt sig upp igen. Flera hundratals gånger högre än henne och Dzakar. Till och med den falska stjärnan hängde lägre än dess profil. Jättens ansikte gick inte längre att se. Amina kände likväl hur den stirrade på henne. »Jag vet att han inte är någon speciellt trevligt typ, men följ med honom,« sa Gabriel.

Vad som var värst var inte att Gabriel hemsökte hennes sinne. Paddorna och grodorna hade ökat i antal. »Du kommer finna nästa del rolig,« sa en av dem.

»Inget av det här är roligt,« sa Amina.

»Tålamod, min unga dam,« sa Gabriel. »Jag vill att du verkligen lär känna din far innan jag för er hem.«

»Jag bryr mig inte!« skrek Amina. »Det här är inte roligt, ni är bara elaka mot mig.« Samtidigt som hon gnuggade sig själv på huvudet stampade Amina flera gånger i marken. Helt utom sig själv.

Vad kunde hon göra?

Hennes chans att döda Gabriel var förbi.

Egentligen fanns det inte något val. Amina var fast, om hon inte fortsatte, vadå? Skulle hon stanna här? Om inte annat kanske Gabriel ledde henne till döden, det skulle iallafall vara ett avslut på det hela. Amina följde efter Dzakar in i polishuset. En av de blåklädda dockorna satt ned vid ett skrivbord. Lång, blek och med ett par ögon som var omaka.

Det ena ett vanligt öga, vilket öga som helst, men det andra var alldeles för stort. Som för Rupert, det hängde ut ur dockans ögonhåla. Amina följde Dzakar in i huset. Polisdockan reagerade på att dörren öppnades, han hoppade upp ur sin stol och gick mot dörren.

»Kom hit och ge mig lite kärlek,« sa Dzakar samtidigt som han tog tag om polisens axlar, tryckte sig upp mot honom och kysste sitt offer. Inte den sortens kyss som mellan två människor kära, det här var ett angrepp. Demonen sög på den stackars dockan.

»Vad gör du?« brast Amina ut.

Hon såg hur demonen tryckte in sin tunga och rörde runt inom polisens ansikte. Dockan kämpade för att ta sig loss, men Dzakar höll honom stadigt i sin famn. Efter ett par minuter av att kyssas gav polisen upp. Dzakar släppte dockan ur sin famn och kroppen föll livlöst ned på golvet.

Dzakar hade sugit ut det liv dockan fortfarande hade kvar. Han spottade ut en väldig massa vax på liket. »Det är lika äckligt varje gång. Framförallt dessa dockor. Usch, så skabbiga.«

»Vad gjorde du mot honom?« frågade Amina.

»Tro mig, du vill inte att jag ska förklara.«

Dzakar spottade ut en sista klump vax och fortsatte in i byggnaden. Bredvid skrivbordet, en gallerdörr som höll dem från att ta sig vidare. Ifall den var låst eller inte, den var inget hinder för Dzakar. Han ryckte bort hela dörren från sin ram och gick vidare upp för en ranglig spiraltrappa.

Amina stannade kvar och tog en titt på liket. Käken var bruten och lämnade mungipan öppen i en nittiograders vinkel. Klumpar av vax täckt i gröngul sörja fyllde upp hela dockans insida.

Amina hade sett nog. Hon gjorde sin väg upp för trappan. Den andra våningen såg inte ut att vara mycket mer än ett kontor. Det var på den tredje våningen hon skulle finna sin fiktiva far. Redan i trappan hörde Amina ljudet av hur Dzakar tog livet av den kvarstående polisen. När hon kom upp såg Amina i detalj hur demonens mun fylldes upp av dockans inre. När dockan dog släppte Dzakar ivrigt taget om sitt offer och spottade tillbaka ut dess inälvor.

»Det ser riktigt gott ut,« sa Amina med ett smil.

»Du ska vara tyst!« röt Dzakar. Inälvor hade fastnat mellan hans gulbruna tänder. Han verkade ha tydliga problem med att få ut alltihopa. »Om du bara visste vad jag kunde göra mot dig.«

Dzakar gick ett steg närmare henne och stampade till som hans fot nådde golvet.

Amina placerade en slemmig lobba i hans riktning.

Den missade med små marginaler.

Precis som hon menat.

Ett kolossalt dån hördes utifrån. Genom fönstret såg Amina hur jätten ställt sig ovanför byggnaden. Marken skakade som dess fötter slog ned.

»Kom igen då, din fegis!« röt Amina. »Jag skulle vilja se vad den där varelsen gör om du ens nuddade mig!«

Dzakar spände ihop sina händer. »Du ska ge fan i att komma till mitt hem och hota mig!«

»Det var du som började, djävla demon!«

»Du har inte en aning om vad du talar om!«

Ett rytande ljud omringade dem från alla håll. Golvet och husets väggar skakade som jätten släppte lös ett vrål långt ovanför dem. »Dzakar, släpp fången lös!«

För en sekund löd inte demonen sin mästare. Istället stod han kvar framför Amina. Hans ögonjuveler fixerade på henne. Utan något annat val bröt han sin pose och fortsatte in i rummet.

Sex celler och en smal väg mellan dem gjorde upp hela våningen. Helt ensam i en av cellerna satt Rupert. Dzakar sökte igenom den livlösa dockan och letade rätt på polishusets nycklar. Det tunga gallret som gjorde upp cellens struktur var tydligen för mycket för att slita bort. Amina stod kvar. Hennes fiktiva fader så ful att det gjorde ont att titta på honom.

Dzakar öppnade gallerdörren och drog ut dockan ur cellen. Inte nog med att ögonen såg vrickade ut, käken hängde ned och blottade dockans ruttna mun.

»Sluta se så förbaskad dum ut,« sa Dzakar.

I en manöver som fick Amina att le, slog demonen igen munnen på dockan. »Och du!« Dzakar pekade på Amina. »Kom med här, låt oss få det här överstökat.«

Demonen ledde Rupert till trappan och knuffade ned honom i ett fall som skulle brutit nacken av en levande människa. Förutom ljudet av hur han stapplade ned så var det knäpptyst i polishuset. På en nivå så var denna värld en fridfull plats. Det fanns varken fåglar eller insekter som förde något liv.

Hon gick fram till rutan för att få koll på vad jätten höll på med. Dess enorma fötter stod inte längre kvar.

Ljuset slocknade.

Mörkret låg över dem längre denna gång.

Med sina händer framför sig försökte Amina känna världen kring henne. Hon kunde inte skilja vägg från tak, eller sig själv från sin omgivning. Som att hon i själva verket inte stod där. Som att hon inte existerade.

Mörkret var allt. Det trängde sig på.

Lika plötsligt som det hade försvunnit kom ljuset tillbaka. Amina andades ut. Demonerna hade förflyttat henne. Byggnaden hon stod i alldeles nyss hade upphört att existera. Det första huset likaså. Allt som fanns kvar var skjulet och en herrgård.

På en av sanddynorna stod jätten.

Till Aminas lycka var Dzakar inte längre kvar.

Ingenstans fanns han att bli funnen.

Endast hennes fiktiva far gick att se. I sitt eget tempo gjorde han sin väg bort mot den ståtliga herrgården. Han använde sig återigen av en fönsterruta för att ta sig in. Med samma redskap som förut, bände han upp rutan och klättrade in.

Med sig hade han en kompanjon.

Amina hade inte sett varifrån han kom.

Blott en sekund tidigare hade dockan gått ensam. Inte var det en annan docka för den delen. Det var en demon, kortare än Dzakar och inte alls hårig, mer som Gabriel i det avseendet. Skallig.

»Det här är den bästa delen,« sa en av grodorna.

Amina följde efter dockan och hans kompanjon. Gåendes mot den uppbrutna rutan, redan på avstånd kunde Amina se att den var placerad för högt för henne att klättra in. Hon tittade upp mot jätten.

»Jag kommer behöva hjälp,« sa Amina.

»Gå till ytterdörren,« sa en av paddorna.

Amina gjorde som rösten sa. Ingången till huset, en stålförstärkt dörr, byggd för att hålla gäster utanför. Den nedre delen var dock täckt av en glasruta. När Amina fick syn på stenen, placerad rakt framför dörren, stod det klart vad rösterna ville.

Hon lyfte upp stenen och slungade den mot glaset. Nätt och jämnt träffade den rutans nedre kant, utan att gå igenom, den fick iallafall glaset att rasa ihop. Glasskärvor satt kvar längs sidorna av rutan, men Amina kunde inte bry sig mindre. Hon sträckte igenom handen, kände sig fram till en nyckel och vred om.

I sin brådska skar Amina upp ett sår längs insidan av hennes överarm. Blod pulserade ut.

Underligt nog gjorde det inte det minsta ont, inte ens när Amina rörde vid såret. Hennes arm var behagligt avdomnad. Ifall det inte vore för den blöta sensationen av blodet som rann ned längs hennes hand skulle Amina inte märkt att hon skurit sig. För en sekund funderade hon på vad hon kunde göra för att stoppa blödningen.

Det fanns inget annat att göra än att fortsätta. Hon tryckte upp armen mot sitt bröst och ryckte upp dörren. Inomhus var det lika tyst som där ute. Var än dockan och demonen gömde sig, de förde inget ljud.

Farstun till huset var fylld med personliga ägodelar. En rockhängare fullt beredd med ett antal rockar och jackor, samt en kabinett varpå det stod en rad olika prydnader. Troféer, statyer och gargoyler gjorda av sten. På väggen hängde det både konst, men också ett porträtt på en familj. En tämligen kortvuxen man klädd i en grå uniform besmyckad med flera medaljer och dekorationer. Vid hans sida en betydligt längre kvinna, säkerligen hans fru. Samt deras barn.

En dotter och en son.

Amina fortsatte längre in i huset. Hon kom fram till ett vardagsrum. I mitten av rummet, en öppen eldstad omgiven av två soffor som minst sagt såg behagliga ut. På väggarna hängde diplom, konstverk och porträtt på släktingar och familjemedlemmar. Mer intressant, flera olika sorters vapen. De flesta av dem såg antika ut, musköter snarare än gevär. Inte alls som de vapen soldater använder sig utav.

I ett rum som måste ha varit placerat i mitten av huset fann Amina en trappa. Det enda problemet var att rummet var beckmörkt. Hon kunde knappt se trappans början, ännu mindre dess slut.

Som Amina vände sig om för att söka igenom resten av bottenvåningen hördes en duns från övervåningen. Efter en kort stund kom de ned, bärandes på en människa. Eller mer troligt, en till docka. Någon bra syn om vem det var fick hon inte. De hade satt en luva över huvudet och bundit ihop armar och ben. Med snabba steg bar de sitt offer nedför trappan och sedan ut ur huset. Amina gissade att det skulle föreställa soldaten i bilden. Nu förstod hon.

»Det ska föreställa min farfar, eller hur?«

»Följ med så berättar jag,« sa Gabriel

Amina förstod mycket väl att hon inte hade ett val.

Det hade blivit roligt att se hur mycket hon kunde dra ut på det hela. Det var ju ingen fråga att demonerna blev upprörda av sölaktiga Aminas beteende, men om hon var tvungen att uthärda detta helvete. Då skulle hon göra sitt för att plåga sina demoner.

»Du har rätt, det ska föreställa din farfar,« sa Gabriel.

»Jaha, så det är en till docka,« sa Amina.

»Nej, det är inte en docka.«

»Så det är en demon? En ängel kanske?«

»Skynda så får du se.«

Amina drog med fötterna, precis på det sättet far alltid klagade på.

»Det är ju inte som att de kommer gå iväg.«

Gabriel var tyst. Amina sölade på.

De hade lämnat dörren till skjulet öppen. Amina tackade nej till deras inbjudan, hon såg vad de höll på med bra nog från tröskeln. Soldaten var avklädd ned till underkläder och fastspänd på ett bord. Armar och ben bundna flera gånger om och hans huvud fäst i en metallställning. Rupert stod och arbetade in ett antal skruvar in i soldatens kranium, men ingen sörja kom ut.

Bara blod. Riktigt blod!

»Det är ju en livslevande människa!«

»Jag sa ju att det inte var en docka,« sa Gabriel.

»Men... hur fick ni hit honom?«

»På samma sätt som vi förde hit dig.«

Amina hade nästan glömt bort hennes hem. Det röda ljuset hade en hypnotiserande effekt. Hela Aminas kropp var dov.

»Den där dörren... den där dunka korridoren...«

»Bara en representation av våran värld,« sa Gabriel. »Världen runtomkring dig, husen, jätten och dockorna. Ingenting är verkligt.«

»Så varför ens bry sig? Om allting bara är en dröm.«

»Jag sa ingenting om någon dröm. Denna värld må vara overklig, men den är inget mindre sann än den värld du kommer ifrån.«

»Din demon, du pratar i tungor!«

»Jag är inte en demon!« röt Gabriel.

Amina fnissade. För att beskriva sig själv som gudalik. Även Gabriel hade en kort stubin. Han hade nog aldrig stött på en flicka i Aminas ålder förut.

Hon tittade in i skjulet. Dockan injicerade den stackars mannen med en spruta. Kanske det var ett sömnmedel, eller mer troligt - det där serumet Gabriel hade talat om - nihilium blandat med vatten.

Demonen hade under tiden tänt ett antal lyktor i stugan, hela fem stycken ovanför operationsbordet.

Vad än de skulle utsätta soldaten för, tydligen behövde de bra med ljus. Rupert la undan sprutan och gick över till en del av rummet Amina inte kunde se.

Han kom tillbaka med ett par sprutor bestyckade med två groteskt långa kanyler och två behållare stora som trummor. Han körde in en av kanylerna i artären på soldatens ena ben och hävde ut mängder av blod ur sin patient, som blev blekare i ansiktet för varenda droppe de tog ut. När behållaren blev full drog Rupert ut nålen, satte handen mot det öppna såret och sträckte sig efter den andra sprutan. Långsamt förde han in kanylen i samma öppning och hävde ut en lika stor mängd blod.

När den andra behållaren var full vände han sig mot demonen som räckte över ett likartat instrument, fast behållarna var fyllda av serum. Läkaren kämpade med ett pump-liknande verktyg för få in drogen i kroppen på sin patient.

Rupert väntade ett ögonblick innan han fortsatte med sin operation. Hans nästa instrument - ett tunt järnrör med ett handtag gjort av trä. Han värmde metallen på en flamma demonen hade förberett.

När järnet sken var hans instrument redo.

Rupert vände sig om mot sitt offer, greppade med höger hand tag om näsan och körde in det glödheta röret, rakt upp i näsborren. Soldatens kropp ryckte till, men ställningen kring hans huvud och repen kring hans kropp höll honom fast. Röret förblev i patientens näsa i en hel minut innan Rupert tog ut och värmde upp det på nytt. För att sedan utsätta den andra näsborren för samma behandling.

»Vad gör de mot honom?« frågade Amina.

»Din far fann att det enklaste sättet att beröva en människa sitt luktsinne, var att helt enkelt bränna bort det,« sa Gabriel.

»Men varför?« frågade Amina.

»Under den här tiden av din fars liv visste han inte. Han fann väl njutning i det hela.«

Rupert tog fram ett nytt instrument, också gjort av järn, det här föremålet var dock inte ett rör. Snarare en långsmal kniv med ett trubbigt blad. Han värmde upp sitt instrument i flamman. Under tiden applicerade demonen mer av serumet kring deras offers fördärvade näsa. Som serumet blandade sig med blodet och sörjan omkring såren blev det till ännu mer gröngult stoft.

Mer och mer såg den nyblivna dockan ut som Gunnar och Daniel.

Han tycktes känna smärtan som utdelades kring hans sköra hjärna. Aldrig hade Amina sett en sådan obekväm min på en medvetslös person.

Igen städade demonen upp efter läkaren genom att applicera mer av serumet. Rupert gick runt bordet för att nå det andra örat.

Amina visste redan vad som skulle hända härnäst. Den nyblivna dockan skulle bli av med sitt mest intima av sinnen. Inte för att Amina fann någon glädje i det hela, men desto snabbare de ryckte ut soldatens ögon, desto bättre. Rupert la kniven åt sidan och tog fram tre stycken föremål - en skalpell, en tång och en ishacka. Han la de sistnämnda två objekten åt sidan och skar med skalpellen in kring ögonlocken. Försiktigt försökte Rupert att endast ta bort huden som täckte ögonen.

Skalpellen gick utan motstånd igenom huden, vid ett tillfälle tillsatte Rupert för mycket kraft och skalpellen gick rakt igenom ögongloben. Han verkade inte bry sig, iallafall inte tillräckligt för att hindra honom från att fortsätta med sitt arbete.

Rupert lyfte bort bitarna av hud och räckte över skalpellen till demonen, som i sin tu gav honom tången.

De två klämmorna i formen av ett öga.

Ett minst sagt specialiserat verktyg.

Rupert greppade tag om tången, öppnade upp de två klämmorna och pressade in dem kring ögongloben.

Rupert drog i tången. Ögat höll i för allt det var värt. Synnerven ville inte släppa, men Rupert hade dragit ut ögat tillräckligt långt för demonen att komma in och skära loss nerven. Blod blandat med vax flödade ut som ögat rycktes bort.

Genast applicerade demonen mer av serumet.

»Min unga dam, förstår du vad de gör?«

»Uppenbart att de förstör dockans sinnen. Du har fortfarande inte sagt varför.«

»Era sinnen är en distraktion. För att se den verkliga världen måste du se mellan skuggorna. För att höra kan inga oväsen störa dig. För att känna måste du först förstå vad det betyder att vara.«

Rupert och demonen avslutade deras arbete genom att på samma sätt rycka bort deras patients kvarstående öga. Vid det här stadiet var deras patient på fläcken lik Daniel och Gunnar. Vax insmort i ansiktet och hans två ögongroparna fyllda med stoft.

Ännu hade de inte använt hackan.

»Synen, hörseln, lukten och med det även smaken. Endast ett sinne kvarstod. För att koppla bort känseln var din far tvungen att tänka om. Tvungen att ta till sig metoder som tog honom flera år att bemästra.«

Den kortvuxna demonen grävde med sina händer ut mängder av det stoft han precis hade hjälpt till att skapa.

Rupert sträckte sig efter hackan och placerade den inuti sin patients ögonhåla. Med lite väl mycket kraft, sköt Rupert in hackan i den vävnad som uppgjorde dockans frontallob.

Amina förväntade sig att demonen skulle behandla dockan med mer av deras serum, men istället gick han vidare för att gräva ut stoftet från den andra gropen. Med lika mycket kraft som tidigare och med ett leende på läpparna. Rupert högg in sin hacka i den andra halvan av sin faders hjärna.

Med deras patients sinnen fullkomligt tillintetgjorda och hans hjärna manglad. De var klara med sin operation. Rupert skruvade bort ställningen kring den nyblivna dockans huvud. Han tog sina verktyg, tvättade hastigt av dem i en balja vatten och la tillbaka allt där det hörde hemma. Demonen gick ut ur byggnaden. Amina ställde sig i hans väg. Hon valde att inte gå åt sidan. Hon stod kvar och tittade rakt in i demonens ögonjuveler. Utan att säga någonting stannade han framför henne och mötte hennes blick.

»Vad vill du, putte?« frågade Amina. Hon förstod mycket väl att demonen endast ville ta sig förbi. Amina ville mest bevisa någonting för sig själv, eller snarare. Hon ville visa demonerna hur orädd hon var.

Endast en sak var säker i denna mardrömslika värld.

Amina de la Croix var ingen att djävlas med!

För en sekund stod hon i hans väg. I slutändan fanns det ingenting att vinna på att fördröja denna demon. Amina tog ett steg åt sidan och demonen gick bort från stugan, upp för en av sanddynorna, i riktning mot jätten.

Dockorna stannade kvar i stugan. Hennes fiktiva far flyttade fram en stol och satte sig ned. Den nyblivna dockan låg kvar på bordet.

Jätten hade rest sig igen. Marken dånade som den ställde sig upp på sina två massiva ben. Den sträckte sig efter stjärnan och som tidigare, försatte hela världen under honom i mörker. Förutom det faktum att den hade en viss hotfull karaktär till sig. Det där verkade vara jättens enda uppgift. Mästare över ljus och mörker. Låter mäktigt, men förmodligen ett rätt tråkigt jobb.

Ett ögonblick senare tände jätten flamman igen och satte sig ned i en lat position.

Dockorna inuti stugan hade inte flyttat sig.

»Den första veckan av din farfars nya sinnestillstånd var en kaotisk tid. Rupert spenderade varenda vaken stund vid sin fars sida och bevittnade hur han kastades mellan mardrömmar och absolut delirium. Han var minst sagt besviken över sina resultat, men han gav inte upp hoppet. Wilhelm, din farfar, behövde bara mer tid.«

Rupert reste sig från sin stol och gav sin patient en mindre dos serum. Patienten försökte streta emot som nålen mötte hans ven, men repen var för tätt bundna. Han såg ut att skrika som han blev injicerad, men inga ljud kom ut.

När Rupert hade pressat ut hela sprutans innehåll in i armen, slog han sin patient i ansiktet. Rupert ville påminna sin far att han var kvar. Att han fortfarande hade planer för honom.

»Då och då hade din farfar längre stunder i vaket tillstånd, men hans prat var endast fyllt av svordomar. Desto längre tiden gick, desto längre vakna stunder hade han. Vid ett tillfälle gav Rupert sin far smärtstillande i hopp om att göra hans tillstånd bättre, men nihilium motverkar morfinets smärtstillande effekt.«

Rupert gick omkring i rummet, han masserade den tunna huden omkring sina tinningar, som att han själv hade huvudvärk. Om det inte vore för hans oberörda, känslolösa ansiktsuttryck skulle Amina tro honom vara frustrerad.

Ljuset försvann igen. Ett kort mörker följdes av en snarlik verklighet till den förra. Den nyblivna dockan låg stilla på bordet. Rupert satt i sin stol och åt ur en konserv. Ett flottigt skägg hade tagit form längs han käke. Spritt och ojämnt, det fick honom då inte att se friskare ut.

Amina gick in i stugan och tog sig en närmare titt på dockan liggandes på bordet. Vaxet demonen hade spridit ut över honom hade torkat och bildat en sorts hinna längs hans ansikte.

»Efter ett par veckor hade fraktioner av Wilhelms identitet återvänt. Hans förstånd var inte där, men hans tal hade blivit mer urskiljbart. Mest av allt talade han om sin familj, eller snarare, han talade till sin familj. Vid flera tillfällen misstog han Rupert för sin legitima son.«

Läkaren ställde sig upp bredvid sin patient. Han hade lättat upp repen avsevärt. Wilhelms nakna kropp hade mellan ljusets cyklar skiftat färg. Till en början hade han haft en rätt normal ton, fast med gröna fläckar längs hans armar och ben. Nu var hela hans kropp gröngul, kring hans armhålor och skrev hade ett gäng utväxter blommat ut. Mörkröda och formade som små svampar. De växte rakt ut och tog med sig en hel del vax på sin resa. Med sitt förstörda ansikte riktat mot sin läkare, Wilhelms läppar rörde sig i snabba ryck.

»Rupert hade säkerligen inte räknat med just hur mycket din farfar hade att säga om sitt liv. I sina ändlösa minnesstunder berättade Wilhelm om mycket, men inget som intresserade Rupert det minsta, han nämnde aldrig sitt möte med Saffrine.«

Rupert örfilade sin stackars patient, men han nöjde sig inte med det. Han slöt sin näve och slog sönder det som fanns kvar av patientens ansikte. Wilhelm tillsynes tjöt som hans oäkting slog honom sönder och samman. Om han hade varit kapabel skulle han säkert fällt en tår. Det skulle ändå inte gjort någon skillnad. Ingen kunde höra hans miserabla tjut.

»Från när solen börjat gry, tills den gått och lagt sig. Wilhelm sov aldrig. Han talade konstant om mat och dryck. Om hur mycket han älskade att jaga med sin legitima son.«

Rupert gick runt i en ring inuti stugan. Hans händer pressade mot huvudet. Han stannade och stirrade på sitt offer som fortfarande såg ut att tala i tungor.

En duns hördes bakom Amina. Jätten reste sig för att släcka ljuset. Mörkret la sig lika hastigt som alltid.

Amina hade nästan fattat ett tycke för det hela, jämfört med det röda ljuset var mörkret att föredra.

Tyvärr var Gabriels föreställning inte klar än.

Lika snabbt som det försvunnit. Kom ljuset tillbaka.

Rupert satt ned på sin stol. Den här gången hade han ingen konserv i sin hand, bara sitt offer i sin blick. Han såg då verkligen inte glad ut, om Aminas fiktiva far ens hade tillgång till några glada uttryck, annat än den där skrattretande minen.

Wilhelm låg på sitt bord och fortsatte prata. Ännu fler bölder hade tagit form på hans kropp. De äldre formationerna hade spruckit och gav rum för stora sår som pulserade ut ännu mer jox. Svårt att tro Wilhelm för en stund sedan var en människa, en fullvuxen man av kött och blod. De andra dockorna såg inte så här pass förstörda ut. Kanske det berodde på ljuset eller det faktum att Rupert inte gjort något för att rengöra sin patient. Kanske han helt enkelt njöt av att se sin fader begravd under en blandning av vax och sitt eget blod.

»Efter en månads tid hade din farfars personlighet förändrats avsevärt. Han talade aldrig om sin familj eller sina nöjen längre. Till din fars glädje hade Wilhelm mer och mer börjat tala om gud och djävulen, om helvetet och himmelen.«

Patienten satte sig upp. Hans rep, tillräckligt lösa för honom att ta sig ut. Ansiktet vänt mot sin skapare, Rupert, som själv satt i sin stol. Hans ögon, så utsträckta att de skulle falla ut om han lutade sig framåt.

»Det tog inte lång tid innan Rupert insåg att de gudar som Wilhelm beskrev inte var hans egna. De håriga änglarna och de skalliga demonerna, de röda stjärnorna och den ändlösa öknen. Din far visste inte hur han skulle tolka det hela.«

I sin förvirring sträckte sig patienten efter sin läkare, som i sin tu strök sig åt sidan. Utan att falla ned från bordet Wilhelm tog tag om sin son och försökte föra honom mot sig. Vad han än hade att säga, Rupert brydde sig inte. Han bröt sig loss från sin fars grepp och slog med näven till sitt offer.

»Wilhelms tal var alltmer fyllt av rotvälska. Det hela slutade med att din farfar ett helt dygn repeterade frasen: ›tillvarons innersta väsen‹ om och om igen. På den tjugofemte timmen hade Rupert fått nog. Han försökte slå medvetandet ur sitt offer, men Wilhelm skulle inte tystas ned.«

Precis som Gabriel berättade, läkaren rakt igenom misshandlade sin patient. Trots att han inte längre var bunden till bordet hade Wilhelm inte någon chans. Liggandes förblev han som hans kropp genomgick en misshandel, brutal nog att ta livet av vilken levande människa som helst. Rupert hade den där skrattretande minen fastklistrad på sitt ansikte. Hans nävar nedstänkta av vax.

Munnen på den mörbultade dockan fortsatte att röra på sig. Tillsammans med en och annan pulserande böld, munnen var inte det enda som rörde sig på Wilhelms ansikte. Rupert slog och slog, men hans patient vägrade vara tyst.

»Efter ett par timmar hade din farfar tagit för stor skada. Hans röst blev allt lägre och hans rytm allt slöare. Tills han mitt i sin mening blev tyst. Rupert trodde nästan att han råkat döda sin far. Inte alls en långsökt tanke, men dessa dockor tål mer än man kan tro.«

Rupert böjde sig ned och såg ut att göra en mer grundlig analys, skicket dockornas hjärtan befann sig i renderade väl dem helt och hållet meningslösa? Eller kanske de fortfarande hade en puls? Rupert bekymrade sig inte med att känna efter.

Han satte sig ned på sin stol och lutade sig bakåt.

»Trots sin rangliga bonad dröjde det inte länge innan din far hade somnat.« Som Gabriel förklarade. Rupert gjorde sitt i att se ut som han sov. Hans ögonlock täckte knappt hans utstående ögon.

»Det var då din farfar vaknade till liv.«

Dockan på bordet satte sig upp, lugnt och sansat reste han sig ur sin bedd. Hela ryggen täckt av svampformade bölder. Dockan tog tag om sin fiktiva oäkting och skakade lätt om hans axel.

Rupert vaknade på studs.

»Jag har träffat gud. Han har återvänt.«

Amina behövde inte Gabriel för att översätta.

Hon kunde höra dockans ord.

I en urladdning av energi flög Rupert upp på sina ben, han lyfte upp sin hand och som så många gånger förr, slog han sin far. Wilhelm föll ned mot golvet som en säck potatis. Kvar stod Rupert ensam. Han gnuggade sig på huvudet. Det tog honom ett ögonblick för att uppfatta vad som hade hänt.

Inom kort började han skratta.

»I själva verket hade inte Wilhelm träffat någon gud. Det var vi hela tiden.«

»Vilka är ni?« frågade Amina. »Du och Dzakar?«

»Jag, mina bröder och systrar. Vi är många fler än du kan tänka dig. Endast ett liv, fritt från sina sinnen kan se oss för vad vi verkligen är.«

»Jag kan ju se er.«

»Du tror väl inte att det här är våran verkliga form?«

Amina tittade upp på jätten. Uttråkad och understimulerad, en sådan enorm skepnad reducerat till något så litet.

Hon tittade tillbaka in i stugan.

Rupert lyfte upp sitt offer till sin bädd. Vid det här laget, såpass undernärd att han inte kunde väga mycket mer än ett barn. Stilla låg dockan på bordet. Hans läkare tog fram en till konserv och satte sig ned.

Bakom sig hörde Amina det distinkta ljudet av jätten som återigen fullföljde sin rutin. Mörkret föll och på ett ögonblick steg ljuset tillbaka. Jätten satte sig ned och lämnade till Amina, en snarlik scen. Patienten låg kvar på bordet. Rupert stod vid dörröppningen bredvid Amina. Hon tog ett steg bakåt. En ny doft fyllde luften, en doft hon mycket tydligt kände igen - lampolja.

»Wilhelm återhämtade sig aldrig efter den senaste sammandrabbningen. Om han hade kvar en smula liv inom sig. Rupert hade fått allt han kunde.«

Rupert tog från en av sina fickor upp ett block med tändstickor, han antände en sticka, satte eld på paketet och kastade in det mot sin patient. I en rasande eld gick stugan upp i rök. Den nyblivna dockan började omedelbart smälta i de piskande flammorna.

Rupert gick upp på sanddynan bakom dem, utan att ens titta på Amina. Hon blev först glad över att se honom gå, men insåg snart att hon var menad att följa med. Hon lämnade den brinnande stugan och följde efter sin fiktiva far. Som hon tittade upp såg hon konturen av en skog. Trädtoppar stack upp, men inga blad eller barr klädde deras grenar.

Såret på Aminas arm hade slutat blöda, och blåmärket kring hennes hals bultade inte längre. En utomjording ande hade förenat sig med hennes kropp, det röda ljuset tryckte ut klarheten ur hennes huvud. Allt mindre tänkte Amina på sin situation, hon ville mest undkomma ljuset.

Jätten hade rest sig upp igen. Långsamt rörde den sina långa ben över landskapet. Ståendes rakt ovanför henne. På ett fåtal steg hade den färdats till skogen.

Rupert nådde toppen på nolltid, nonchalant gick han genom benen på jätten utan att ens titta sig omkring. Sluttningen var så brant att Amina skulle vara tvungen att klättra upp den sista biten, men Gabriel och jätten hade andra planer.

Jätten satte sig ned och lyfte upp Amina som hon vore en liten myra. Helt och hållet omringad av hud. Hon kände hur jätten, om den ville, kunde pressa sönder hennes existens, men ögonblicket kom aldrig. Jätten höll tag om Aminas kropp med tillräckligt mycket kraft för att hålla henne från att falla, men mjukt nog för att inte krossa hennes inre organ.

Försiktigt släppte jätten ned Amina mitt i den döda skogen. Hon kunde inte se vad för sorts träd det var som omgav henne. De såg alla ut att vara av samma art, långa och smala. De slingrade sig omkring varandra en bra bit upp i luften. På avstånd genom alla de vrickade träden såg Amina en byggnad hon nästan hade gett upp hoppet om att få se igen. Ett grått torn sträckte sig långt över trädtopparna.

»Din far reste österut tills han hittade en plats han kallade för sitt hem, eller snarare en kvinna han kallade för sin fru.«

»Mamma?«

»Vad än Astrid såg i Rupert kommer jag aldrig att förstå. Kanske hon trodde han innerst inne var en god person.«

Amina såg en tegelbyggnad längre fram i skogen.

Springande genom det döda krimskramset. På vissa ställen hade träden växt sig alldeles för tätt för att ta sig igenom. Som att de hade sökt sig till varandra. De stackars träden ville väl inte dö ensamma.

Amina sprang vänster och höger genom skogen, hela tiden med blicken fäst på tornet. Hon ville inte bara komma hem, hon ville få avstånd från jätten. Även ifall dess uppgift inte var att döda henne. Misstag händer.

Gabriel pratade på. »Astrids föräldrar hade då inga problem att se den demon som gömde sig inom din far. En tystlåten dockmakare. Ändå hade de aldrig kunnat gissa just hur han skapade sina dockor.«

Dockan som föreställde Rupert hade försvunnit. Jätten blev allt mindre bakom henne, dess enorma fötter gick inte längre att se. Men dess väldiga profil sträckte sig över trädtopparna. Någonstans där uppe tittade den ned på henne. Eller kanske inte, precis som Amina skulle haft det svårt att se en myra springa genom gräset. För jätten måste Amina varit nästintill obefintlig.

Bakom henne, ljudet av ett knaster.

Jätten hade tagit ett steg åt sidan, ett dussintal träd krossades i manövern. Amina sprang vidare, men jätten hade blockerat ljuset. Hon kunde inte stanna, hjärtat slog alltför hårt. I sin blindhet placerade Amina sin fot mittemellan två rötter. Hon var på väg att falla, men lyckades kravla sig tag i en gren.

Samtidigt som hon rätade till sin kropp släppte hon lös ett skri. »Jag klarar inte av det längre. Jag vill hem!«

Ett ljus uppstod bakom henne. Amina vände sig om.

Där stod Gabriel. Klädd i kostym och med sin höga hatt vilandes på huvudet. Han hade inte förändrats det minsta, om något såg han kortare ut. Hans ögonjuveler emitterade ett svagt ljus, självständigt från den falska stjärnan. »Vi har skapat denna värld för dig. Förstår du inte att endast död och misär väntar i din egen värld?«

»Ge mig tillbaka far och Maria! Snälla, jag bryr mig inte om vad de har gjort. Låt oss bara leva våra liv.«

»Förstår du inte?« frågade Gabriel igen. »Med din far har du inget liv.«

Amina förblev tyst för ett ögonblick, för att sedan släppa ut all sin vrede. »Du ljuger! Ni vill bara ha mig för er själva. Vidriga demoner!«

Hon spottade ut en loska på marken framför honom.

»Vi är inga demoner,« sa Gabriel.

Amina lyssnade inte. »Vad skulle jag ens göra i en värld som denna? En oändlig öken, tom på allt förutom det där vidriga ljuset.«

»Du kan bygga en värld för dig själv här. Vad du än önskar kan du finna.«

»Jag vill hem, fattar du inte? Jag bryr mig inte om vad du har att säga.«

»Det finns en väg.«

Jätten rörde på sig bakom de två. Den flyttade sig bort från den falska stjärna, närmade sig huset och la ned sin hand bredvid Amina.

»Du kommer verkligen inte gilla det,« sa Gabriel.

»Vadå? Ska jätten kasta hem mig?«

»Nej, inte riktigt. Kom med här.«

Gabriel gick fram till henne böjde sig ned och lyfte upp Amina ovanför sig. Även med Gabriels hjälp var det svårt att klättra upp på handen. Huden omkring jättens händer var hård och inte alls flexibel. En massa porer sträckte sig hela vägen upp för armen. Amina greppade tag i en och klättrade upp.

Hon hittade en plats rakt ovanpå handflatan, satte sig ned och gav jätten en frågande blick.

10.

Jätten förde upp sin hand framför sitt ansikte. Stilla stod den och observerade Amina. Ögonjuvelerna så stora att de täckte halva jättens ansikte. Dess iris en gröngul ö, omgiven av ett illrött hav. Aldrig tycktes jätten blinka, om den ens kunde. Den besatt inga ögonlock, inga ögonfransar eller för den delen något hår. Allt den hade var juvelerna och den enorma munnen som såg ut att le.

Ifall den ville så skulle jätten kunnat vara mycket mer brutal i sitt förande. Amina kom att tänka på hur hon själv skulle behandla någonting såpass litet.

Stackars myror, de hade inte en aning.

Amina reste sig upp och gick närmare ut mot kanten. Hur långt kunde hon se? Lugnt korsade Amina jättens handflata, aldrig hade hon varit så här högt uppe. Adrenalin pumpade genom hennes blod, men den här gången var det inte alls beblandat med rädsla. Det här var ett härligt rus. Hon såg hela den värld som Gabriel sa sig ha skapat i hennes ära.

Tom och oändlig.

Skogen och husen som hon nyss besökt, om de fortfarande fanns kvar. Amina såg dem inte. Det enda hon såg var sanddynerna som sträckte sig långt bort mot horisonten. Jätten lyfte upp Amina i samma höjd som den falska stjärnan, den flöt i luften framför henne. Amina såg hur de röda vågorna träffade henne, hur de kröp in under hennes hud.

Amina gick tillbaka in mot handflatan och ramlade ned som jätten flyttade sin hand. Rörelserna var för jätten minimala, men för Amina en ytterst obehaglig färd. Hon försökte och lyckades till större delen att inte låta sig påverkas, men ljuset och vibrationerna blev för mycket. Hon vred och vände på sig, men vad hon än gjorde. Amina kunde inte hjälpa sig själv. Ett flertal bitar av halvt nedbruten mat flög upp ur hennes strupe.

Täckt av sina egna spyor, Amina tittade upp och insåg att hon var rakt under den falska stjärnan. Hon slöt sina ögonlock och kände ljuset gräva sig in under huden, in genom venerna och så slutligen mot hennes hjärta. Som ljuset vacklade pumpade muskeln allt snabbare och alltmer ojämnt.

Amina öppnade sina ögon och såg hur jätten med sin lediga hand greppade tag om den brinnande globen, lutade huvudet bakåt och slukade stjärnan hel. Innan Amina visste ordet om det hade den försvunnit. En stråle av ljus arbetade sig istället ut genom ögonen på jätten. Den tittade på Amina som fortfarande låg ned. Instinktiv slöt hon sina ögonlock och gick tillbaka till sin blindhet. Ljuset kom tillbaka och förde henne vidare.

Trots att hon inte såg, Amina kände hur jätten förde henne närmare. Ett annat, betydligt starkare ljus öppnade upp sig som jätten höll henne nära intill sig. Den hade öppnat sin mun och behövde inget annat än att andas.

Amina, i frifall genom jättens inre.

Rakt genom den falska stjärnans kärna.

Amina var fortfarande medveten. Hon kände hur hennes hud givit vika. Inte alls i någon grad av smärta, ljuset och hettan var överväldigande, men inte någon livsfara. Det var inte som att hon faktiskt brann. Ifall globen hade varit en riktig stjärna skulle hon varit död vid det här laget. Brunnit ihjäl direkt.

Sensationen av att falla försvann ju mer hon tänkte på det hela. Allt som existerade var det massiva ljuset.

Bortkopplad från sin kropp. Amina flöt.

Hennes närvaro hade format tillvaron och ljuset fyllde upp Aminas sinne. Inga känslor inblandade, om det var ett hemskt eller ett underbart ögonblick. Känslorna fanns inte längre till. Hennes hjärtrytm och andetag blev alltmer stabila och hade fått en större betydelse. Ljuset pulserade i en stabil rytm.

För varenda hjärtslag försvann ljuset iväg. Hennes andetag förstärkte hela effekten. Som Amina andades ut flydde ljuset iväg. Som hon andades in susade det tillbaka. En visuell sorts musik, men akten hade inga ljud associerat till sig.

I tystnad bildades ett mörker i mitten av rummet.

Mörkret växte allt snabbare ju större det blev. En kraft i motsatt rörelse från ljuset. Mörkret bildade en glob kring Amina. Hon kom att tänka på gåvan Gabriel givit henne. Demonens ansikte bortkopplat från minnet, men informationen fortfarande kvarstod.

Alltings början.

När Amina tänkte på vattnet som låg i hennes väska släpptes en kraftvåg lös i rummet. Den rörde sig från Aminas position och störde rummets struktur.

Ljus släpptes in genom sprickorna.

Små regndroppar över en torr öken.

Ljuset beblandade sig med mörkret.

Rummets struktur förändrades och gav ljus till den massa som tog form kring Amina. Inte av någon fast struktur. Tusentals celler vibrerade med varandra i globens mitt. Denna glob växte sig allt större.

Som Amina fokuserade på den såg hon en strimma av ljus flyga igenom rummet. När hon tittade upp försvann strimman och blev ett med fältet av ljus som fortfarande omringade rummet. Amina tittade ned och såg globen växa sig större för varenda hjärtslag. Hon såg också ett dussintal andra sfärer uppstå i rummet.

Som Amina fick syn på dem, försvann de iväg.

Hundratals av dessa sfärer susade fram och tillbaka omkring henne. Överallt förutom i hennes synfält. Amina kunde endast se dem i sitt perifera. Då och då såg hon hur de gav ljus till några andra, mycket större skepnader. Precis som massan under henne. Rummet var fyllt av glober. Amina tittade ned på sin egen massa och såg att den lyste. Inte som de blå strimmorna, mer av en röd karaktär. Som ljuset från den falska stjärnan.

Om fältet från det ursprungliga ljuset fanns kvar, det gick inte längre att se. Som skepnaderna dränkte hela rummet i ljus och värme blev tillvaron allt mindre. Globerna kretsade allt närmare kring varandra.

Strimmorna av det blå ljuset gick inte längre att se. Överallt hon såg fanns endast glober. De såg alla ut att kämpa för att inte stöta på varandra, men en kraft pressade ihop dem.

Hon kände hur hundratals främmande ting tryckte ihop henne mellan sig.

Aminas kropp, en förgången dröm.

Hennes sinne, fasansfullt trångt.

Mitt i allting kände hon sympati för sin egen glob. Egentligen inte mer speciell än någon av de andra. Den hade precis som Amina, ingen kontroll över sitt öde. Globen kunde inte hjälpa sig själv från att bli hopklämd i en kamp som inte var dess egen.

Kraften hade tryckt ihop dem såpass att flera av globerna rörde vid varandra. En annan glob, framför alla de andra var avsevärt nära hennes egen. Den kunde inte hjälpa sig själv från att stryka sig mot henne.

Spänningen i rummet, enormt hög.

Globerna gled som de gnuggades mot varandra. Det var tydligt att ingen av dem var ämnade för varandra, men på ett ögonblick förändrades allt. Den andra globen slöt sig in i hennes egen och hennes egen i den andra. I en fasansfull explosion slogs de ihop.

En tryckvåg spred sig genom rummet som lämnade efter sig ett nytt ljus, ännu mer bländande än någonsin tidigare. När tryckvågen försvann, lämnade den en hastig glimt av situationen.

Alla globerna hade funnit en partner.

I ljuset såg hon konturen av en mycket större glob.

Amina förstod nu att hon beskådade ingenting alls.

Globen var Amina och Amina var globen.

Nu dubbelt så stor som innan.

De andra skepnaderna susade omkring henne.

Ännu var kraften inte klar med sin sak.

I snabbare takt än förut pressades de alla ihop.

Amina kände den bultande och svidande känslan av att bli hoptryckt med något annat. En känsla hon aldrig kunnat erfara, varken vid liv eller död.

I en explosion på en ännu större skala slogs två glober ihop. Om de andra var lika medvetna som Amina. Det trodde hon då inte, men de verkade alla dela samma avsmak för varandra. De andra globerna kunde gärna dra åt helvete för allt Amina brydde sig. Hon var ju visserligen vid det här laget, ihopsatt med tre andra, men de var en del av henne.

Ingenting hon kunde hjälpa.

För varenda gång globerna förenades blev kraften som tryckte ihop dem starkare. För varenda ny del Amina var tvungen att ta till sig blev hon svagare.

Hon kom att tänka på strimmorna av blått ljus.

Kanske de fortfarande fanns kvar där ute någonstans.

Amina vill inget annat än att få tag på dem.

De små underbara ljusen. Allt hon ville ha...

Eller vänta. Maria, mor och far.

En smula av Aminas gamla jag återvände.

Världen omkring henne var inte hennes egen.

Globen var inte Amina. Vad än hon tagit del av.

Det var tvungen att ta slut!

En ny glob pressade upp sig mot henne. Den här gången skulle hon inte ta det. Ännu hade Amina ett kort kvar att spela. En ampull fylld med det mäktigaste ämnet i hela universum - nihilium. Det krävdes inte mycket för att aktivera substansen kvarglömd vid hennes kropp. Blotta tanken skakade hela rummet.

Globerna vred sig i ett enformig mönster. Som att de var gjorda av gummi, de sträcktes ut och drogs ihop. Någonting försökte dra dem isär. Kraften fick alla glober att lätta från sina banor kring varandra.

I en elegant rörelse flöt globerna bort från henne.

Ljuset och värmen de avsände, avtog.

Strimmorna av blått ljus var på väg tillbaka.

Regndroppar mot en mörk och stjärnlös himmel.

Fyra stycken på väg mot Amina. Hon kände hur de på långt avstånd drogs mot henne. Hon sträckte på sig, men som strimmorna träffade hennes glob uppstod ingen magisk eufori. Snarare som en spark i magen.

Strimmorna slog Amina ur globen och skickade henne på en resa genom intet.

En färd genom universum.

Hon föll ned i ett mörkt rum.

Tornet där hemma dök upp i hennes sinne.

Så högt och målat i en sådan färglös ton.

Tornet var av absolut betydelse.

Om hon flöt eller föll. Som hon fortsatte på sin resa såg hon punkter av ljus uppstå överallt omkring henne. Stjärnor på en kolsvart himmel. Långt där borta låg de och gav några gnistor av ljus till Amina som hon reste genom rummet. Hur lång tid sedan hon blev uppslukad av jätten? En fråga utan svar.

Som hon nu mållöst föll ned i universum kändes tiden omöjligt utdragen. Om tiden överhuvudtaget existerade, det var ett fenomen Amina inte bar med sig.

Att föreställa sig världen hon nyss besökt var svårt nog mot kontrasten av evigheten. För att inte tala om hennes hem.

Endast tornet fanns kvar för att ge henne hopp.

Bilden av hur det klättrade upp mot himlen.

Det var inte bara ett torn.

Det var en brygga.

Gick den att nå?

Detta oändliga rum.

Denna tomhet. Detta inte.

Var det slutet för alla fars patienter?

Amina öppnade sina ögon och fann till en viss lättnad att hon var tillbaka i laboratoriet. Hon satte sig upp och tog ett djupt andetag. Luften var tjock och fylld av en rutten odör. När Amina andades ut bemöttes hon utav en våg av smärta. Hon hade nästan glömt hur hon skurit sig. Hela hennes blus var täckt av blod, tillsammans med smärtan som bultade kring hennes hals.

Amina kände inte alls för att resa sig.

Hon var iallafall tillbaka i sitt hem.

Någonting att vara glad för.

Nej, inte än. Först måste hon hitta far och Maria.

Amina tog ett till andetag och tvingade sig upp på två ben. Det kunde inte vara mycket längre nu. Benen kändes som de skulle braka ihop under hennes vikt. Stanken i rummet hade blivit mildare.

Vidrigare var uppstötningen insmord i Aminas hår.

Inte ens värt att lägga en tanke åt. Om något var det ju hennes avkomma. För inte så länge sedan var det hennes middag. Oavsett vilken lukt, eller vilka syner hon skulle se - trädörren stod öppen.

Amina närmade sig och tog en titt in. En lampa stod på ett skrivbord och lyste upp rummet. Ett enkelt kontorsrum. Det var inte alls den trånga korridor hon så plågsamt hade tryckt sig igenom. Amina tog ett steg in.

På golvet vid bredvid skrivbordet satt far.

»Pappa! Äntligen har jag hittat dig!« Amina satte sig ned framför honom och försökte skaka liv i sin far. »Det är dags att vakna nu.«

Far skakade på sitt huvud och muttrade.

»Vad sa du?« frågade Amina.

»Kalla mig inte för det där ordet!«

»Åh far, förlåt mig. Jag blev bara så glad!«

Amina gav sin far en kram. För en sekund satt han bara där, men inom kort reste han sig upp och tryckte bort sin älskade dotter.

Rupert tittade ned på henne utan att tala.

Amina tittade upp på honom utan att heller yttra sig.

»Vad gör du här Amina?« sa far och bröt tystnaden. »Vad har du gjort nu?«

»Jag har inte gjort någonting! Dina monster, de kom upp till mitt rum!«

»Amina, det finns inga monster.«

»Nej, men demonerna. Vad du än vill kalla dem.«

»De är människor precis som du och jag,« sa far. Han hade inte en aning om vad som hade hänt. Gabriel måste ha hållit honom i en sorts trans. Aldrig skulle far reagerat så kallt om han visste hur illa hans dotter blivit behandlad. »Det var inte såhär jag ville att du skulle få reda på vad jag sysslade med.« Rupert la sin hand på Aminas axel. Han såg skadorna på sin dotters kropp.

»Amina! Vad har hänt?«

»De tog mig bortom intet. Till den värld du för dina patienter.«

»Vilka då? Vilka har fört bort dig?«

»Dina änglar, Dzakar och Gabriel.«

En eld tändes bakom fars ögon.

»Jag bryr mig inte vad du har gjort,« sa Amina. »Så länge vi har varandra kan jag leva med vad som helst!«

Hennes ord hade ingen inverkan. Far lyssnade inte längre på henne. En obehaglig idé låg bland hans tankar.

Trots allt Amina hade sett, hon ville inte föreställa sig vad det var. När allt kom omkring kunde allt vara så enkelt - de kunde lämna deras liv bakom. Flytta iväg och leva som en riktig familj, med riktiga arbeten och riktiga vänner. Något i fars blick fick Amina att inte vilja tro.

»Nej, nej. Så här kan vi inte ha det,« sa Far. Han gick förbi Amina ut i kapellet. Han tog sig en snabb titt för att sedan direkt komma tillbaka. »Vad sa de till dig? Gabriel. Sa han något om mig?«

»Han visade mig ditt förflutna.«

»Sa han någonting om mitt arbete?«

»Jo, men...«

»Sa de någonting om din mor?«

»Ja, och far... vad var det som...«

Som så många gånger förr, far avbröt sin dotter. »Du får vänta Amina! Ingen tid för frågor.« Han öppnade upp en av skrivbordets lådor.

»Vad hände med mor?«

»Inte nu Amina!« Rupert rotade igenom lådan. Utan att finna det han sökte, slet han upp en annan låda och likaså vände han upp och ned på innehållet.

Far tittade upp med en besvärad blick.

»Jag kräver att få veta! Vad hände med mor?«

»Inte nu. Våra liv är på spel!«

Rupert smällde ihop lådorna, gick tillbaka mot dörren och tog en titt ut. »Vi måste gå. kom med här.«

Han tog tag om Aminas skadade arm och drog med henne ut i kapellet. Han höll om Amina på tok för hårt och helt utan orsak.

I ett ständigt eskalerande tempo skyndade de sig genom kapellet och sedan in i operationssalen. Far gick in först och sökte genast igenom ett av skåpen. Han tog fram en spruta och en flaska serum. Far fyllde upp behållaren på sprutan när Maria kom in i rummet.

»Doktorn, är det verkligen du?« Maria skyndade sig fram och sträckte sig in för att ge far en kyss. Bara för att kallt bli avvisad. Hon låtsades inte bry sig.

»Amina är fortfarande kvar. Jag stötte på henne alldeles nyss men...«

Far tittade mot Amina.

Marias blick följde med. Hon hade inte ens sett Amina som hon kommit in. Maria for fram och omfamnade henne. Flera gånger om kysste hon Amina på kinden och pannan. Aldrig hade Amina sett Maria så glad. Till en början blev hon nästan lite irriterad över beteendet, men som hon stod där, omfamnad av sin av denna varma människa. Amina brast ut i skratt.

»Eftersom vi alla är här, låt oss gå,« sa Maria och släppte taget om Amina. »Låt oss försvinna härifrån och aldrig komma tillbaka.«

»Försvinna? Vi kan inte bara försvinna,« sa far. »Vad skulle folk säga om de hittade min forskning?«

»Det spelar ingen roll. Vi kan vara på andra sidan Europa vid den tiden. Astrids familj, de skulle väl ta hand om oss?«

»Min frus familj... de hatar mig.«

Maria tittade på Amina och log. »Men de bryr sig om Amina. De skulle säkert bli glada över att ha henne där.«

»Tror du att jag skulle lämna från mig min egen dotter till de där snobbarna?«

Om far förväntade sig ett svar. Maria hade inget.

»Nej, min dotters plats är vid min sida,« sa far. »Vi kan inte lämna vårt hem. Vi har en perfekt situation här, vi måste bara få kontroll över situationen.«

»Någon har släppt lös alla patienter,« sa Maria.

»Vi behöver endast vänta ett par timmar. De kommer dö utan sin medicinering.«

»Vissa av dem är starka. De kan säkert klara sig flera timmar utan en injicering.«

»Ifall de inte dött naturligt, så får vi hjälpa dem på traven. Har du din pistol?«

Maria tog fram sin revolver.

»Så bra. Gå bort till dörren och håll vakt. Jag har ett sista problem jag måste tillrätta.« Far tog åter fram sprutan. Lugnt och sansat tog han ett par steg mot Amina som mycket väl förstod vad som försiggick.

Hon tog ett steg bakåt, svalde sin anda och la ned handen i väskan. Maria förstod även hon vad som försiggick. Fortfarande något förvånad, hon ställde sig i fars väg och tog tag i hans hand.

»Du kan inte, hon är ju bara ett barn!«

»Det är just därför det måste ske nu!«

»Vi kan finna tio andra pojkar och flickor att ta hennes plats. Snälla Rupert...«

Far slog bort Marias hand. »Du missar poängen. Hon börjar bli en kvinna. Kan du tänka dig vad dem där monstren skulle gjort ifall de hade fått tag på henne? Om det inte vore för Gabriel...«

Amina hade tills nu förblivit tyst, men hon klarade inte av att se far tala till Maria på det viset. »De är inga monster. Som du själv sa, de är människor precis som du och jag.«

Olikt någonsin tidigare, en glödhet blomma fann liv i hans blick, den växte sig större som han knuffade undan Maria och gick fram till sin dotter. Han la sin ena hand på Aminas axel, redo att injicera henne med den andra. »Du borde förstå att jag vill ge dig en gåva.«

Amina såg honom i ögonen. »Tror du allvarligt att människorna du torterar kommer till gud? Seriöst alltså, är du verkligen så dum?«

Hon drog sig undan.

»Gud verkar på mystiska sätt. Det var när jag var i din ålder jag träffade Gabriel för första gången. Vägen mellan himmel och jord är bruten. Jag förser dem med kroppar, med människor, med själar. Jag visar några lyckliglottade individer det gudomliga. I utbyte får änglarna ett fordon att färdas med.«

»Det finns inga änglar!« vrålade Amina. »Demonerna du har släppt lös, de vill oss inget väl.«

»Demoner... du har inte en aning om vad du säger. Våran värld står inför många bekymmer. Fattigdom, krig, svält. Gabriel har lösningen till alla våra problem.«

Far tog tag i henne och gav sin dotter en kram.

Amina stod still, ena handen nere i hennes pålitliga väska. Hon kände hur ampullerna låg där. De hade blivit ett med varandra och bildat en sorts kristall. Den ena delen tung som bly, den andra delen lätt som luft. Aminas svärd likaså, låg kvar.

»Ditt liv är inte över,« sa far. »Det har bara börjat. Du kan inte föreställa dig möjligheterna jag ska ge dig.«

Far släppte taget om Amina och tog åter fram sin spruta. Han applicerade en liten mängd av serumet vid armvecket på hennes friska arm. »Du har ingenting att vara rädd för.«

Maria klev in, hon tog tag i fars axel och drog bort honom. »Jag kan inte tillåta dig göra det här.«

Amina gjorde sitt i att bryta sig loss från far.

»Din satans kvinna!« vrålade far mot Maria. »Du ska ge fan i hur jag uppfostrar min dotter.«

»Uppfostrar? Du pratar om att avsluta hennes liv. Om du verkligen var vid sunt förnuft skulle du inte ens tänka tanken.«

Under tiden de stod och tjafsade sprang Amina bort till andra av sidan av rummet. På nolltid nådde hon porten som ledde vidare ned och kastade tillbaka en blick. Far hade då inte glömt henne. Han hade slutat lyssna på sin älskarinna och gick mot sin dotter.

Maria hojtade efter honom. »Kom tillbaka hit! Vi måste prata om det här!« Hon höll tag i sin revolver.

»Det finns ingenting att prata om...« sa far. Han hörde hur Maria drog tillbaka avtryckaren. Med ett genuint leende på läpparna stannade far och vände sig om.

»Så du vill diskutera det här med en pistol?«

I ett lugnt tempo gick far tillbaka. Maria siktade inte ens på honom, hon bara höll pistolen i hans riktning.

Amina stod kvar. Vad kunde hon göra? Hon förstod att hon borde lättat för länge sedan, men vad gjorde det om hon gömde sig på nedervåningen?

Det fanns ingen väg ut.

Som far närmade sig Maria började hennes händer skaka. Hon höll tag om revolvern så gott hon kunde, men de kommande tankarna.

Allt hade blivit för mycket.

»Spring Amina, spring!« skrek Maria.

Amina fick ingen tid att tänka – det fanns ingen tid.

11.

En mållöshet spred sig genom Aminas kropp. Trappan ledde längre ned i husets tarmar. Här kunde hon inte undkomma far, bara gömma sig till hon oundvikligen gav upp. En lek av tålamod med sin far. I cellerna kunde hon iallafall få en minuts vilan.

Planen förändrades när Amina nådde matsalen. Hon blev glad när hon såg Anastasia stå där nere, tillsammans med en annan docka. Båda tämligen långa. Blont oljigt hår och hans ena öga borttaget. Det var Roy, pojken som hade sagt åt Amina att hon skulle dö. Den situationen var redan ett förgånget minne.

»Jag sa att hon skulle komma!« sa Anastasia som hon fick syn på Amina.

Ett dovt dån klingade ned i trappan bakom Amina. Hon försökte att ignorera det hela. Hon tittade på dockorna framför sig. När allt kom omkring så var de ett par vackra varelser.

»Vad händer där uppe?« frågade Roy.

»Det är hennes far och Maria,« svarade Anastasia.

»Det är bara en av dem nu. Det är bara far.«

»Vi måste stoppa honom,« sa Roy.

»Det finns inget vi kan göra för att stoppa honom.«

»Skämtar du? Vi är tre mot en! Vi kan överrumpla honom, eller hur Freja?«

»Jag tror vi borde lyssna på Amina.«

»Jag trodde ditt namn var Anastasia,« sa Amina.

»Jag har haft många namn och personligheter, i denna värld kallades jag för Freja, men den tiden är sedan länge förbi. Ge inte upp hoppet än, din farsa är bara en man.«

»Nej. Vi måste gömma oss,« sa Amina och fortsatte gå mot fängelsekorridoren.

Dockorna följde efter.

Ingen sa ett knyst som Amina ledde dem in i den illaluktande korridoren. Hon störde sig inte längre av det hela. Att hennes luktsinne fortfarande var intakt var snarare någonting att glädjas för.

Vilken cell som helst skulle fungera, men Amina ville ha en av dem längst bort. Det skulle ta far lite längre tid att finna henne. Sängen var verkligen inte någon bekväm bonad, men den fungerade som sittunderlag.

Amina satte sig ned, lutade sig bakåt och blundade.

Dockorna bara stod där.

Amina kände hur de stirrade på henne.

»Så vad är din plan? Bara vänta här tills pappsen kommer?« frågade Roy.

Amina svarade inte.

»Låt oss göra något roligt.« Freja tog fram en kortlek. »Amina, vet du hur man spelar borgare och proletär?« Hon satte sig ned på sängen bredvid Amina och utan att vänta på ett svar delade hon upp kortleken på tre.

»Vi har inte tid för det här,« sa Roy. »Doktorn kan komma ned vilken minut som helst. Vi måste agera!«

»Aldrig får vi ha något roligt,« sa Freja och la undan sin kortlek.

»Vi kan skydda dig,« sa Roy. »Var inte rädd.«

Amina öppnade sina ögon. »Skydda mig? Hur skulle ni stoppa honom? Han har ett skjutvapen.«

»Jag har en plan... Freja gå över till cellen mittemot. Du Amina, sätt dig mitt i korridoren.«

Utan några frågor gjorde Freja som hennes bror hade sagt och gick till sin gamla cell. Själv satt Amina kvar. Ytterst lite ljus fann sin väg in i cellen.

Roy tittade på Amina. »Vi kan göra det här om vi arbetar tillsammans, men vi behöver dig som byte!«

»Far är inte så dum. Han kommer inte låta sig luras.«

»Så länge han ställer sig mellan mig och Freja spelar det ingen roll hur dum eller smart han är. Han kan ta ned en av oss, men inte båda samtidigt.«

»Ifall han ens kommer ned hit,« sa Amina. »Om ett par timmar kommer ni vara döda. Han kommer bara vänta tills solen står som högst för att hämta mig.«

Roy blev tyst.

»Vi behöver näring,« sa Freja från sin cell.

»Mat?« frågade Amina.

Roy log mot henne. »Nej, vi har inte ätit på på flera månader. Din far har det vi behöver.«

»Serumet? Sådant där grönt jox?«

»Du vet vad jag pratar om?« Roy verkade genuint förvånad. Han hade inte en aning om hur mycket Amina förstod. Inte far heller, möjligtvis Freja.

»Jag vet var far förvarar det. Borta vid trappan.«

Utan att ens lägga en andra tanke åt deras situation. Roy gick ut ur cellen och tittade in i Frejas. »Vi lägger planen på is. Syrran, det är dags att käka!«

Amina följde efter. »Ni kan inte bara lämna mig här!«

Roy hoppade till. »Ursäkta Amina, jag hade inte glömt bort dig. Vi behöver din hjälp.«

»Vad kan ni behöva min hjälp med?«

»Hämta serumet, de låter oss inte gå in dit.«

Detta nonsens igen. »Vilka då?«

»Monster! Demoner från andra världar. Vålnader så hemska, så kallblodiga att dem får vanliga människor att söka sig till helvetet bara för att finna värme.«

Freja kom ut ur hennes cell. Lätt slog hon till sin bror i huvudet. »Hon är doktorns dotter, sluta prata med henne som hon vore nåt fån.«

Huden omkring Frejas ögon hade förlorat sin färg. Stora påsar hade tagit form under hennes såväl som Roys öga. Må hända att det var det dåliga ljuset, eller kanske Freja och Roy helt enkelt var trötta. En ytterst mänsklig egenskap.

»Du har träffat dem, eller hur?« frågade Freja. »Din fars änglar, Gabriel och hans gäng.«

»Ja, det har jag. Vad har det för betydelse?«

Båda dockorna stirrade på Amina i vad kändes som flera minuter. Deras ansikten uttryckslösa.

»Vad är det? Säg något!« brast Amina ut.

»Det måste ha varit en jätteliten dos,« sa Roy.

»Hon ser inte ut som vi gör,« sa Freja.

»Vad snackar ni om?« sa Amina och slog sin hand mot väggen för att lägga till kraft i hennes ord. Det gjorde lika ont som hon hade förmodat, men det lät då inte lika högt. Utan problem blockerade hon ut smärtan. Den var inte värre än såret på armen eller märkena kring halsen.

»Din far...« började Roy med att säga.

»Har injicerat dig med mat!« avslutade Freja.

»Omöjligt. Far skulle aldrig...«

»Du känner inte din far på samma sätt som oss,« sa Roy. »Visa oss din arm.«

Amina väntade ett ögonblick innan hon kavla upp ärmen och blottade sin hy. Freja ryckte tag i Aminas arm och granskade hennes armveck efter ett stickhål. Hon fann endast ett par leverfläckar.

»Andra armen,« sa Freja.

Efter ett djupt andetag kavlade Amina även upp den ärmen ovanför hennes armveck. Under sitt bultande sår. Ett litet märke, en sensation. Det gjorde inte så ont, mest bara obehagligt. Det var snarare armen som bultade än själva stickhålet.

Lite som tusen nålar, fast inombords.

Roy tog tag i hennes blodiga arm och sökte, så noga han kunde efter bevis. Det dova ljuset hjälpte inte.

Själv kunde Amina tydligt se de gröna, cirkulära sårskorporna längs dockornas egna armveck.

»Jag kan inte se någonting,« sa Roy och gav upp. »Freja ser du något?«

Freja sträckte sig närmare för att ta en titt när Amina ryckte bort sin arm. »Nog av det här! Jag vaknade upp av ett stick längs min arm. Det var inte alls stort, måste ha varit en insekt eller nånting som bet mig.«

Roy och Freja tittade på varandra.

»Din far driver många experiment,« sa Roy. »Det är möjligt att du blev injicerad av en ny sorts mat.«

»Det kan inte ha varit far. Före denna kväll, han skulle aldrig utsätta mig för något sådant.«

»Före denna kväll hade du ingen aning om hur din far behandlar sina medmänniskor,« sa Roy.

»Säg inte så. Jag kanske inte visste hur illa det var, men jag förstod att nånting hemskt pågick här nere. Jag låtsades som att jag inte såg eller hörde.«

»Någon har iallafall injicerat dig med mat,« sa Roy. »Om inte din far, vem?«

»Gabriel förstås.«

»Tror jag då inte, demonerna hatar våran värld. Det är bland drömmarna de har sin verkliga makt. «

»Kan inte ni sluta tjafsa?« Freja hade fått nog av att lyssna på dem två. »Kan vi inte bara gå och käka?«

»Jo, du har rätt. Vi har ingen tid att slösa,« sa Roy och gick mot den underjordiska matsalen. Freja följde efter och till sist även Amina.

De två dockorna gick mycket snabbare än Amina. Hon brydde sig inte. Bara dumt av dem att inte ta det försiktigt. Far kanske stod precis kring hörnet och väntade. Där kommer de traskande förbi. Han skulle skjuta dem på direkt och då skulle de inte få käka sitt kära serum. Som de tog sig över tröskeln in till matsalen hördes inga skott. I sin egen takt hade Amina snart hunnit ikapp. Som två hungriga hundar stod de utanför laboratoriets dörr.

»Måste ni gå så snabbt?« frågade Amina.

»Ursäkta,« sa Freja. »Vi är sjukt hungriga.«

»Tydligen.« Amina öppnade dörren och tog ett steg in. Dockorna stod kvar i matsalen och blängde.

»Så ni behöver serum och vadå, två sprutor?«

»Glöm inte kanylerna också!« sa Freja.

Serumet var lätt att hitta. Far hade förberett flera hundratals liter av ämnet. Eller Amina antog att de många flaskorna uppradade längs hyllorna var det hon sökte. Ingen av dem var märkta, men om inte kvantiteten, den gröna färgen skilde serumet från de andra kemikalierna.

Hon tog sig an en flaska och fortsatte leta efter något sorts verktyg att administrera serumet med. Hon sökte igenom ett av de många skåpen, fyllt av järnrör, klämmor och skalpeller av olika storlekar. Hon kollade igenom skåpet bredvid. Ännu fler verktyg, men också kanyler och sprutor. Vissa jättelika i storlek och med tillhörande behållare, stora som trummor.

Dockorna fick nöja sig med en mindre dos. Amina tog sig an ett par mindre sprutor, ett par kanyler och gick tillbaka ut till matsalen. Deras ögon skimrade så fort de fick syn på flaskan och dess grönaktiga innehåll.

Amina la ned allting på bordet och satte sig på en av stolarna. »Så det är det här som ni kallar för mat?«

»Det var Maria som myntade det uttrycket,« sa Freja. »Det har liksom bara fastnat.«

På andra sidan bordet stod fortfarande den riktiga maten Amina hade förberett. När allt väl kom omkring kände hon sig hungrig, men hon kunde inte äta nu. Helst inte den maten iallafall. Roy förberedde verktygen.

»Om ni inte äter vanlig mat, varför bevarar far den här nere?« frågade Amina.

»Bara vi äldre som inte behöver äta,« sa Freja som hon klev in för att hjälpa Roy fylla behållaren. Freja höll i sprutan som Roy med hjälp av pumpen, tvingade den tröga vätskan mot nålen. »Många av dem utan ansikte spenderar inte så lång tid här. De behöver vanlig mat.«

En dos redo, dockorna slösade inte bort någon tid. De förberedde genast en till dos. Flaskan var halvt tom när de var klara. Snart skulle serumet förenas med den sörja som pumpade genom dockornas inre.

»Låt mig börja!« sa Freja. Hon satte sig ned på stolen bredvid Amina och sträckte ut sin arm. Den gröna, cirkulära skorpan längs hennes armveck, helt blottad. Roy böjde sig ned och försökte med kanylen att träffa skorpan. Amina antog det iallafall. Roy missade helt. Nålen slog i Frejas hud en bra bit längre upp hennes arm. Han försökte igen, men slog den här gången i huden alldeles för långt ned. En enögd pojke som vilt viftade med en kanyl.

Amina blev frustrerad över att se honom misslyckas.

»Ge mig den där.« Hon reste sig upp, tog tag i sprutan, puttade bort Roy och intog hans position.

»Försök träffa mellan skorpan och huden,« sa Freja.

Amina lyfte upp sprutan högt ovanför Frejas arm. Aldrig hade hon gjort något sådant förut, men hon var ju självaste Amina de la Croix. Det här var hennes arv.

I luften följde hon med rörelsen fram och tillbaka med sprutan. Några sekunder träning innan hon till slut körde in kanylen, precis mellan skorpan och huden. Amina tvingade in kanylen så att sprutan stod under sin egen vikt. Freja släppte ut ett plågsamt stön.

Amina hade fått sig en sorts kick av det hela. Det var kul att injicera folk. Eller ja, ännu hade dem inte injicerat Freja. Roy tog tag i pumpen, Amina höll sprutan stadigt. Tillsammans tvingade de in serumet i Frejas kropp.

Hennes stön blev alltmer av en njutbar karaktär. »Tack,« mumlade hon.

Freja verkade bara bli mer sömnig av det hela.

Roy pressade ut den sista mängden. Pustade ut och satte sig på sin stol. Freja nästan låg ned i hennes, ögonlocken slutna. Hon såg ut att sova.

Roy tryckte till henne på armen. »Min tur nu!«

Freja suckade, räknade högt ned från fem och som en solstråle, flög hon upp. Hennes ögon glimrade igen, mer än förut, de nästan strålade. Roy satte sig och sträckte ut sin arm längs bordet. Amina repeterade rörelsen och efter tre övningar, sköt hon in kanylen under skorpan. Han grymtade till som nålen slog igenom barriären, men så fort Freja pressade på pumpen lutade han sig bakåt, blundade och njöt.

Freja tryckte till sin bror på axeln. »Om inte jag får vila får inte du heller det!«

Roy räknade även han ned från fem innan han i ett hastigt drag reste sig upp ur sin stol. »Ingen tid att förlora. Låt oss gå, doktorn kan komma nedfarande närsomhelst!«

Dockorna som smått sprang bort mot korridoren. Amina stod kvar och tittade på de tomma redskapen.

Roy ropade till henne från dörrens tröskel.

»Kom nu Amina. Vi måste skynda oss.«

12.

Jämfört med kapellet som stank av förruttnelse, så var dofterna av kiss och avföring en doft som betydde säkerhet. Amina skulle givetvis föredragit lukten av hennes lakan och örngott framför det här. Det var inte hennes favoritplats i huset, förmodligen inte fars heller, ännu mindre dockornas. En plats förnuftiga människor gjorde rätt i att hålla sig borta från.

Roy och Freja gick in i varsin cell halvvägs genom korridoren. Amina satte sig på golvet allra längst in. När än far visade sitt fula tryne skulle dem hoppa ut ur mörkret och anfalla honom. Ta hans vapen, men inget mer. Tillräckligt många hade dött. Amina skulle inte låta en till själ gå till spillo.

Inte fars, inte Roys och inte Frejas. Utan pistol skulle han vara tvungen att lyssna på Amina.

Nu var det bara en fråga om att vänta. Amina ogillade att vänta. Hela hennes liv, bara en enda lång väntan. Kanske denna afton var meningen till hennes liv.

Sittandes där i det dova ljuset.

Inom kort bröts tystnaden.

»Amina. Du går i skolan, eller hur?« frågade Freja.

»Nej, min mamma lärde mig att läsa.«

»Matematik? Kan du räkna?«

»Ja det kan jag, vadårå?«

»Kom hit och hjälp mig med en sak.«

En gnutta nyfikenhet hade återvänt. Amina reste sig upp och gick in i Frejas cell. Hon satt på golvet, skrivandes på ett gult papper. Vad hon använde för att skriva kunde Amina inte riktigt se.

»Var tysta och sitt ned!« Roy hade rest sig upp.

Freja tittade på honom. »Klockan är inte mer än sju. Det kan dröja länge innan han tar sig hit.«

»Eller så är han på väg att storma in som ni pratar.«

»Knappast troligt,« muttrade Freja.

Oavsett vem som hade rätt. Amina gick till sin plats. Freja såg henne och gav upp sin sak. »Jaja, låt oss sitta här och ruttna då!«

Tystnaden, mörkret och denna vidriga odör.

Amina kände sig mest bara trött. Att faktiskt lägga sig ned och sova på den hårda ytan skulle vara svårt, men om hon la sig ned och blundade, förr eller senare skulle John Blund finna henne. En anledning att inte luta sig tillbaka och ta det lugnt.

Sittandes med hennes ben i kors, hennes rygg värkte, men såret på hennes arm var allt så mycket värre.

Några tankar gick åt Gabriel. Om vad han gjorde i detta nu. Det fanns en möjlighet att han var där uppe med far. Att de tillsammans planerade hur de skulle tillfångata henne. Mer troligt var väl att Gabriel med de andra demonerna satt och lyssnade inom hjärnbalken.

Amina höll sig vaken genom att med sina fingrar rita osynliga mönster på golvet.

Cirklar var en lätt sorts rörelse. Från en början små, inte mycket större än några millimeter i storlek. Gradvis ökade hon deras diameter. Amina hade uppfunnit en lek. Med sina fingerspetsar ritade hon osynliga cirklar, virvelvindar för de varelser som levde där nere kring hennes fötter. Det dröjde inte länge innan Amina hade uppnått den maximala diametern hennes fingrar var kapabla till. Hon tröttnade på sin solitära lek och lutade sig, med stöd av sina händer, bakåt.

En ännu mer obekväm position.

Amina la sig ned på golvet. Inte för att hon tänkte sova, hon vill mest bara finna något sorts behag. Hon la sig på sin sida. Idén kom att hon skulle räkna ned från trettio och för att se till att hon inte slumrade till, skulle hon slå sin skadade arm. Smärtan skulle vara nog för att hålla henne vaken. Hon räknade ned och försökte att inte göra annat än att fokusera på tiden. Bakom siffrorna bubblade tanken om hur många intervaller hon skulle vara tvungen att genomföra innan far kom för att möta henne. Amina lutade huvudet bakåt och trots bättre vetande, slöt hon sina ögonlock och släppte lös sitt medvetande.

Det dröjde inte länge innan hon somnade och försvann iväg, bort till en mer behaglig plats. Under sin björk, där hon så många gånger suttit och tagit det lugnt. Solen stod högt på himlen. Långt borta, flera miljontals kilometer från henne låg den. Inte någon falsk stjärna som dränkte henne i defekt ljus. Nej, solen var i allra högsta grad en riktig stjärna. Moder till allt liv på jorden, fader till solsystemets alla planeter.

Om Amina var vaken eller om hon sov.

Den gyllene jätten hade sin roll att spela.

Freja och Roy var även dem ute på verandan.

Stående en bit bort från Amina. De hade en röd boll som de passade fram och tillbaka mellan varandra.

»Jag vill inte ha den,« sa Freja som hon rullade bollen över till Roy.

»Jag vill inte ha den,« sa Roy som han rullade den tillbaka till Freja.

Amina gick fram till dem. »Vad kan jag göra?«

»Här, det är din börda att bära.« Freja passade över bollen till Amina. Hon förde den mot sig. Mycket tyngre än hon förväntat. Alldeles för tung för att bära ensam.

»Varför ska jag ha den?«

»Du är doktorns dotter,« sa Roy.

»Den tillhör dig,« sa Freja.

Amina greppade tag om bollen för att få den att stanna, men den vägde allt för mycket.

Amina kollade på tvillingarna. »Hjälp mig!«

»Det är för sent för oss,« sa Roy.

»Våra liv är redan över,« sa Freja.

Amina ställde sig i bollens väg och försökte med sin kropp få den att stanna. Men vad hon än gjorde, bollen fick mer och mer fart. Amina behövde hjälp. Dockorna gick in i skogsdungen. De lämnade Amina ensam för att få bollen att stanna, men hon skulle inte. Den hade inget värde. Amina släppte taget om bollen och vände sig om.

Nu var hon inne i köket. Mor och Maria var där. De stod i varsin vrå med flera kilon kött mellan sig. Ingen korv eller skinka. Blodiga stycken av biff och fläsk. Tillsammans skar de upp de stora bitarna.

»Var är potatisen?« frågade Amina.

Mor stirrade på henne, en jättelik kniv i handen. Hennes förklädde hade inte alls skyddat hennes klänning från blodet och köttslamsorna.

»Amina, du är för gammal för potatis!«

»Men jag vill ha potatis!«

»Nej. Du är en kvinna nu.«

Maria slängde sin kniv åt sidan. Hennes kläder och händer målade i blod. Ett stort hål hade öppnat upp sig i hennes bröstkorg. »Du måste springa, doktorn är här!«

Amina vände på klacken och sprang ut till matsalen. Dörren kändes som den skulle falla ihop som hon slog igen den efter sig. Jon stod där inne. Hans huvud intakt ovanpå hans axlar. Hans ögon helt fixerade på Amina. »Fröken de la Croix! Vad gör du här?«

»Jag vet inte.«

»Res dig upp! Vi måste skynda oss.«

En kraft tog form bakom Amina. Hon vände sig om och såg hur den röda bollen hade kommit tillbaka. Flera gånger sin vanliga storlek, bra mycket större än huset. Den hade krossat köket och var nu på väg mot Amina.

Långsamt rullade den mot henne, men mörkret hade redan kommit tillbaka. Amina öppnade ögonen och såg far stå längre ned i korridoren.

»Det här är inte tiden för lek!« sa han.

När han rörde på sig skulle Amina försvinna in i hennes cell. De två dockorna gjorde inte ett knyst, hoppas de var redo för strid. Om far ens skulle falla för deras plan det vill säga. Han stod kvar. Revolver i hand och med blicken fäst på sin dotter.

»Amina. Jag tänker inte be dig igen.«

»Du får komma hit!« vrålade Amina. Hon hade sett sin far ilsken vid ett flertal tillfällen, men att se honom besatt av rädsla, en syn hon aldrig tidigare bevittnat.

»Vad försöker du lura mig in i?« frågade far.

Armarna i kors, Amina gjorde sitt bästa för att hålla minen. »Vad har du gjort mot Maria?«

»Hon var tvungen att försvinna. Du vet såväl som jag att vi inte behövde henne i våran familj.«

»Vad har du gjort med mamma då? Du gjorde henne till en sån där docka, eller hur?«

»Hon dog för att hon var sjuk...«

»Erkänn det!« vrålade Amina. Själv var hon inte rädd, bara fylld av en sorts tomhet. En tomhet hon inte kunde rikta mot en annan punkt än hennes far.

»Jag vet inte vad du tror att du har sett.« Far kollade ned mot golvet mellan Aminas fötter. »Jag skulle aldrig...«

»Men du ska mot mig? Göra mig till en docka?«

Rupert tog ett par steg mot henne. Amina ville inget annat än att möta honom halvvägs. Få honom att förstå vad hon tyckte om hans plan. Men istället öppnade Amina dörren till hennes cell och gick in. Hon pustade ut, blundade och försökte höra ifall far följt efter. För en stund stod hon helt stilla och lyssnade. Två celler bort var hennes vänner förberedda på att attackera deras mål.

Amina kikade ut ur sin cell. Far hade inte rört sig. Han stod kvar där borta, i takt till Aminas hjärtslag stod han och trampade med fötterna. »Snälla Amina, lyssna på mig. Din mor dog för att hon var sjuk, allt jag gjorde var att bevara hennes kropp.«

»Ska du bevara min kropp också?« vrålade Amina från sin cell. »Jag vill inte bli till en docka!«

»Det är för det bästa, om du bara förstod den gåva jag vill ge dig.« Far rörde sig äntligen genom fängelset. Amina lyfte in sitt huvud och ställde sig längs dörrens ram. Hon hörde hur han gick mot henne.

Steg för steg. Vilken sekund som helst nu.

Snart skulle hon höra hur far stannade till.

Amina hoppade ut ur sin cell och från sin väska, drog hon sitt svärd. Allt Amina behövde var att hålla fars uppmärksamhet. Ifall han fick syn på Roy eller Freja skulle planen misslyckas.

Vid synen av sin dotter, redo för strid sänkte far sin pistol. Han gick ned på knä, la revolvern åt sidan och öppnade upp sin famn.

En rad celler kort från Aminas vänner.

»Du behöver inte göra något du inte vill,« sa far. »En dag kanske du kan förstå vad det är jag erbjuder.«

Amina gav honom en tom blick. Far var inte personen att gå tillbaka på vad han bestämt. Hon la kniven i väskan och trots sina tvivel, gick hon fram ett par steg. »Jag tänker aldrig låta dig göra mig till en docka. Hur kan du ens tänka tanken?«

»Snälla Amina, förlåt,« sa far efter en kort tystnad. »Jag vet inte vad som flög i mig. Det måste varit Gabriel! Han viskar i mina öron.«

Mycket fanns att säga om Gabriels ambitioner, men han hade hållit Amina vid liv så här länge. Om de ville göra henne till en docka skulle hon inte stå här nu.

»Du ljuger! Gabriel skulle aldrig skada mig.«

Far skrattade åt henne, om han fann situationen rolig eller om han bara ville trycka ned Amina. Det enda han lyckades med var att reta upp sin dotter.

»Du kan omöjligen förstå vad gud planerar,« sa far.

»Gud?« Amina tvingade fram ett ännu högre skratt. »Jag förstår mer än du någonsin kommer att begripa.«

Med extra kraft från sina tänder avlossade Amina en projektil av saliv och placerade loskan rakt på fars näsa.

Slemmet sa mer än tusen ord.

»Du är inte min far. Du är ett monster.«

Med labbrocken torkade far av sitt ansikte.

Han räckte sig efter sin pistol och reste sig upp. »Jag har uppfostrat dig. Jag tog hand om din mor i hennes nöd. Om det inte vore för mig vore ni inget!«

»Du dödade henne! Förrns du erkänner har du inget att säga. Fattar du det?«

»Nog av det här,« muttrade far.

Som aldrig förr. Han tog ett jättekliv rakt i Aminas riktning. Inte för han var intresserad av henne, om något ignorerade han sin dotter. Mer intresserad var han av cellen till vänster om Amina. Han höll revolvern i ett stadigt grepp samtidigt som han rundade in i cellen.

Roy kunde inte göra annat än att reagera. Som en vålnad utsläppt ur helvetet skrek han samtidigt som han hoppade på far. Roy tog tag om hans händer och tvingade far att avlossa en kula i Roy egen buk.

Skottet ekade genom korridoren. Roy föll bakåt. Som enligt planen - Freja attackerade far bakifrån. Hon tog tag i hans krage och tryckte upp honom mot väggen. Freja placerade ett slag mot njuren, vände honom och delade ut ett till slag på näsan. Far höll tag i sin revolver. Ett försök att föra upp pipan mot Frejas huvud, slutade med att hon tog tag om pistolen.

Desperat över att behålla den enda fördelen han hade över sina dockor. Far avlossade ett andra skott och träffade Freja i axeln. Hon släppte taget om hans krage, men höll hårt om revolverns pipa.

Roy var uppe på benen igen. Från sidan tog han tag i far och bet honom i nacken.

Far skrek som en döende gris, blodet flödade.

Roy spottade ut och tog tag om hans armar.

Freja följde sin brors exempel och bet tag i fars hand. På studs släppte han sin revolver på golvet. Freja sparkade den bort mot Amina.

Ännu hade far mer att ge. Vilt sparkandes, han träffade Freja i magen och bröt sig loss ur Roys grepp, tillräckligt för att med armbågen, tackla honom i buken. Far gav Freja en rak höger, vände sig om och slog till Roy med den andra. Tydligt att Roy var försvagad från skottet i hans buk. Utan stopp slog Rupert sin docka igen och igen.

Freja hoppade på honom bakifrån. Trots att hon slog honom i ryggen. Far slutade inte i sin sak. Nävarna nedstänkta av vax, han fortsatte slå tills den enögde pojken kollapsade.

Ännu var far inte klar.

Han släppte lös ett vrål som han tog tag i Freja. Vände henne om, tryckte upp hennes armar mot ryggen och pressade till. Freja kämpade så gott hon kunde, men far var för stark.

»Snälla far, sluta!« skrek Amina. Hon klarade inte av att se mer. Hon slängde en blick mot revolvern. Den låg där vid hennes fötter. Allt som hindrade henne var kärleken hon höll för sin far. Kärlek för ett monster som ville mörda hennes vänner.

Ljudet av hur far bröt av Frejas arm var droppen. Amina tog upp pistolen och siktade mot far som inte ens hade sett henne ta upp den. Mer fokuserad var han på att mörbulta Freja.

Amina svalde sin anda, drog tillbaka avtryckaren och avlossade ett skott. Det missade med marginal. Hon hade iallafall lyckats fånga fars uppmärksamhet.

Han knuffade Freja åt sidan och tog ett steg fram mot sin dotter. »Amina! Släpp pistolen, det är ingen leksak.«

»Tror du att jag leker? In i en av cellerna med dig!«

Blodet från Roys bett hade lämnat ett blodigt spår på fars labbrock. Hans näsa, om inte bruten åtminstone vrickad. Knogarna hade även dem tagit stryk, men inte alls till den grad som de utdelat. Hans händer droppade av gröngul sörja. »Du vet inte vad du gör,« sa far.

»In i en av cellerna!« röt Amina.

I en lugn takt fortsatte far gå mot henne.

»In i en av cellerna!« röt hon en tredje gång, men nej. Far lyssnade inte. Ihärdiga djävul. Tills stunden någon av dem dör. Aldrig skulle far lyssna på ett endaste ord.

Hon tog ett djupt andetag och avlossade ett till skott. Hennes arm kändes som den skulle gå av som rekylen fick pistolen att flyga upp. Kulan for förbi far och träffade väggen på andra sidan korridoren.

För en sekund stannade far till, men fortsatte snart närma sig henne. Han måste trott hon missade med flit. Ett fåtal meter från Amina. Nu kunde hon inte missa. Siktande mot fars ben. Hon drog tillbaka avtryckaren, avlossade och träffade mycket väl. Rakt i låret.

Projektilen bröt upp en väg framför sig och gick rakt igenom. En massa blod flödade ut och med det, far föll ihop och släppte ut ett pinande stön.

Han rullade över på sin sida och satte tryck för såret.

Amina gick fram med revolvern i hand.

Hon sparkade till honom på axeln. »Ger du upp nu?«

En våg av energi satte fart på honom igen. Far kravlade tag om Aminas ben, med blicken av ett skadat djur tittade han upp på henne. »Gör det då! Om jag är ett sådant monster, avsluta mig här och nu!«

Pipan riktad mot fars kranium. Amina kunde avsluta allt, men det vore inte rätt. Hon skulle se till att far svarade för sina brott. Det här skulle skötas snyggt, med poliser, en rättegång och en domare. Allt sådant där.

Amina sparkade till mot sidan av hans huvud. Inte alls hårt, hon var medveten om att endast en liten mängd kraft behövdes.

Han släppte taget om hennes ben.

»Far, jag tänker gå till polisen. Jag ska se till att hela världen får veta vad du har gjort.«

»Åh, min naiva lilla dotter...« Han garvade åt Amina. Liggandes på golvet i sitt eget blod. Ändå hade han mage nog att se ned på henne. »Världen kommer kröna mig till en hjälte när de får veta vad jag gjort.«

Kämpandes på alla fyra, han försökte resa sig. Amina skulle inte tillåta honom den äran. Inte förrns hennes vänner stod upp. Utan att hålla tillbaka sparkade hon far rakt i magen. Han tappade andan och föll åter ned.

»Pappa, för tjugoelfte gången. In i cellen med dig!«

Muttrandes, återigen försökte han resa på sig.

Amina tryckte ned ena sin fot i ryggen på honom. Svordomar lämnade fars mun som han äntligen krälade sin väg in en cell. Amina stängde dörren och slog för låset. Aldrig trodde hon att det skulle sluta så här, men för första gången sedan länge. Amina kände sig tillfreds. Inte nog med att hon lyckats hålla sig vid liv genom aftonens lopp. Hon hade blivit återförenad med sin far. Sanningen fanns där inom räckhåll. Inlåst bakom galler. Bara han inte var allt för skadad.

Vad skulle hända om folk fann honom död?

Inte kunde Amina få skulden för allt som hade skett. Endast en sak var säker. Hon kunde inget annat än att berätta för folk om vilka monster som gömmer sig bakom ljuset, bakom mörkret, i vrår dit ingen kan se.

Först och främst var Amina tvungen att se efter de tappra själar som varit beredda att ge allt för henne. Freja låg ned i fosterställning. Hennes vänstra arm sönderbruten och kring hennes ansikte hade blåmärken tagit form. »Är du okej?« frågade Amina.

»Ja, bara ge mig en minut,« muttrade Freja.

Amina gick vidare till Roy. Hans armar och ben låg åt vänster och åt höger. Amina böjde sig ned och letade rätt på en puls. Ifall dessa dockor ens hade ett slående hjärta var en oklarhet. Hon kände efter längs han strupe.

Visst fanns den där, en livslevande rytm!

»Dags att vakna,« sa Amina. »Vi har vunnit!«

Svårt att föreställa sig Roy vakna i ett sådant tillstånd. Hans ansikte såg ut som en tavla. En regnbåge av blå och röd hud toppat med den den där gröngula skaran. En bild av hur långt man kan föra en människa.

Amina tittade mot Freja. »Han vill inte vakna.«

Freja suckade, men reste sig upp från golvet. Hennes brutna arm hängandes vid sidan. Hon hukade sig ned, öppnade sin hand och örfilade Roy rakt över kinden.

»Upp och hoppa!« skrek Freja.

Ingen reaktion överhuvudtaget.

Igen förde hon upp sin hand och slog till.

»Du får inte vila om inte jag får!«

En gång till slog hon och efter att ha utdelat tre stycken slag fick hon äntligen ett svar. Roy reste sin arm och greppade tag om Frejas. »Tack...«

»Res på dig!«

Roy satte ned händerna på golvet och reste sig upp. Dåsig och yr, han var på väg att falla framåt som han alldeles för snabbt reste på sig. När han till fullo uppfattat att det var Amina och Freja framför honom bröt han ut i skratt. Freja kunde inte heller hjälpa sig själv från att skratta. De hade segrat över deras härskare. Mannen som hade tagit deras liv satt nu bakom lås.

Amina gick fram till hans cell. »Far, kan du höra mig?« Hon kunde inte höra ett knyst från cellen, bara hur Roy och Freja skrattade bakom henne.

»Snälla far, svara mig.«

Fortfarande ingenting.

»Låt oss gå iväg,« föreslog Freja. »Du måste ta dig härifrån, bort till Hälsing. Där finns det vittnen.«

Trion gick i ett långsamt tempo upp genom källaren. Det fanns inte längre någon anledning att skynda sig. Inte heller fanns det någon anledning att hurra. Vad gjorde det att far var tillfångatagen? Freja och Roy hade bara döden framför sig och Amina själv, vad hade hon vunnit? Pistolen, det höga ljudet. Maria.

Må universum skona hennes liv. För allt Amina var värd, hon kunde inte gå vidare ensam.

»Vad var det som hände?« frågade Roy som de gick upp för trappan.

Amina svarade inte. Hon höll sin blick rakt fram, besatt av sina egna tankar.

»Hon sköt honom,« sa Freja.

»Bra jobbat Amina!« Roy klappade till Amina på axeln. »Trodde inte en tjej kunde hantera en pistol.«

»Det är bara att sikta och skjuta,« sa Amina. »Vem som helst kan göra det.«

De nådde det fördömda kapellet. Så fort Amina kom upp för trappan, trots det dåliga ljuset. Hon kunde se konturen av ett nytt lik, liggandes vid tröskeln på den andra sidan. Amina skyndade sig fram.

Maria låg i en pöl av sitt eget blod. På hennes ansikte ett uttryck som skrek av sorg och av rädsla.

Snyftandes satte sig Amina vid hennes sida. Hon stängde Marias ögonlock och placerade hennes händer ovanpå magen. Hennes en gång kritvita förkläde var helt rött. Far hade skjutit henne rakt igenom bröstet.

Freja hukade sig ned bredvid Amina. »Maria förtjänade inte det här. När allt kom omkring så var det hon som tog hand om oss.«

»Din far var alldeles för upptagen med sina böcker,« sa Roy. »Det var Maria som gav oss mat och sällskap.«

Amina hade hört nog. Hon ställde sig upp. »Försök inte skydda henne. Maria var lika delaktig i det här som far. Ni borde vara glada att se henne död, men om hon förtjänade att dö.« Aminas ögon lystes upp som hon greppade tag om kniven i sin väska. »I så fall förtjänar far detsamma!«

Amina hann ta ett steg tillbaka i riktning mot trappan när Freja tog tag om henne. »Nej, Amina. Inget blod ska hamna på dina händer.«

»Jag har redan blod på mina händer! Jag tog livet av gubben du delade din cell med. Jag kunde ha skyddat Maria, men nej! Jag fegade ur!«

»Det är inte ditt fel,« sa Roy.

»Nej, det är hans fel och för det ska han dö.«

Amina gick tillbaka genom kapellet.

»Vänta Amina!« Roy följde efter.

Freja stod kvar. »Stanna din egoistiska lilla prinsessa.«

Amina stannade rakt i sitt spår. Ingen skulle kalla henne för det ordet, hon vände sig om. Hennes frustration släppte så fort hon såg Frejas ansiktsuttryck.

Hennes ögon glödde. »Vem har givit dig rätten att avsluta det här? Du sa att du skulle gå till polisen. Låta världen få veta vad han gjort mot oss, vad hände? Du visste väl att Maria var död?«

»Oavsett vid polisen eller mina händer,« sa Amina. »Han förtjänar att dö!«

»Inte förrns han erkänt alla sina brott,« sa Freja. »Inte förrns världen fått höra namnen på alla de människor vars liv han förintat.«

»Jag vet inte om det är en så bra idé,« sa Roy. »Doktorn är bara en av miljoner idioter. Om andra får veta vad han gjort, kanske de imiterar honom.«

För en stund stod de tysta och tänkte. En liten del av Amina ville släppa lös far och hoppas på det bästa, men hon visste att det var för sent. Bara döden av Maria var tillräckligt för att avgöra fars öde. Vad samhället än må tycka. Den djäveln förtjänade att dö!

»Låt oss bränna ned stället,« sa Roy med ett leende. »Doktorn kan få koka medan hans älskade forskning brinner upp!«

»Och hur skulle vi göra det?« frågade Freja.

»Sätta eld på all mat!« Nu glödde även Roys ögon.

»Jag vill bort härifrån,« sa Amina. »Gör vad ni vill mot stället, bara vänta tills jag är borta.«

»Självklart,« sa Roy. »Vi följer med dig ut, sen Freja. Fy fan vad vi ska ha det roligt!«

»Amina, vad ska du göra då?« frågade Freja.

»Jag går till polisen. Berättar för dem vad jag vet, sen efter det...«

»Det är upp till dig att minnas vad som har hänt.« En tämligen dum kommentar från Roys sida.

»Se till att inte så mycket som en droppe av den där snuskiga substansen finns kvar,« sa Amina. »Världen får höra, men de får aldrig se!«

På vägen ut, Amina kollade ned på Marias lik. Trots att hon hade slutit Marias ögonlock, hennes ansikte slutade inte skrika. I sina sista tankar, vad trodde Maria skulle ske? Kunde hon förutse att hennes kropp skulle bli kvarlämnad, dömd till att brinna upp tillsammans med dockorna? Amina kunde inte låta det ske.

»Vi måste ta henne med oss,« sa Amina.

Roy vände sig om. »Du ville väl ut härifrån?«

»Ja, men inte såhär. Jag kan inte bara lämna henne. Kom och hjälp mig!« Amina tog tag om Marias arm, la den omkring sig och reste henne upp. Den livlösa kroppen reagerade inte alls som Amina förväntat sig. Hon tappade taget om Maria och liket föll åter ned på golvet. Roy och Freja stod och såg på.

»Det viktigaste är att du tar dig härifrån,« sa Freja. »Gabriel är utan tvekan i närheten.«

»Maria förtjänade inte det här, snälla hjälp mig!«

»Jag och Freja tar hand om hennes kropp,« sa Roy. »Innan vi tuttar eld på stället, ser vi till att bära ut hennes lik.«

»Lovar ni?«

»Ja! Kom nu så går vi,« sa Freja som hon med stapplande steg gick iväg mot bostaden. Roy följde efter. Amina tog en sista blick över kapellet. Liken låg spridda kring altaret. Knappast var det en slump. Gabriel hade planerat all denna död.

Varken Roy eller Freja gav så mycket som en blick åt dockorna som de gick igenom galleriet. Fars personliga samling. Om det inte vore för hennes vänner skulle Amina stått där själv.

Vad som skiljde dessa tomma fordon från Roy och Freja var ett mysterium. Om de själva ens visste. Kanske det var samma sorts drift som hade fört Amina genom kvällen. En sorts ihärdighet, en strävan att få se solen igen. Att få bli återförenad med det väsen som reste sig varenda morgon. Varenda dag i Aminas liv.

Inget ljus sken som de kom ut ur laboratoriet. Falluckan var öppen, men endast mörker väntade. Amina tryckte sig förbi sina vänner och skyndade sig upp. När hon såg den mörka natten utanför föll hon ned på knä.

»Va fan, trodde det skulle vara ljust ute,« sa Roy som han kom upp bakom Amina.

»Någonting är på tok,« sa Freja.

Amina reste sig och gick fram till ett fönster, hon öppnade upp och sträckte ut sitt huvud. Varken sol eller måne fanns att se. Bara en hop av stjärnor, för många för att räkna, eller om det verkligen var stjärnor. Små punkter av rött ljus flöt omkring. Blotta synen av dem fick Amina att känna sig kräkfärdig. Hon tittade bort mot skogen. Träden stod iallafall kvar.

Orädda och oberörda.

Dem hade väl inget val.

Något annat liv fanns ej att bli funnet. Varken den kära orkestern av syrsor eller någon fågel. Amina drog tillbaka sitt huvud och gav sina vänner en apatisk blick.

»Vad nu?« frågade Roy.

»Ingenting har förändrats. Vi måste bort härifrån,« sa Freja. Hon öppnade dörren till matsalen. Det hade varit uppenbart så fort de kommit ut från laboratoriet.

Alla deras fränder var döda. De förde inte längre något liv. Alla skratt och all sång hade upphört. Ett tjugotal personer låg döda. På matbordet satt en ung kvinna i Frejas ålder. Helt slocknad, hennes mungipa öppen, en mängd gröngul sörja hade runnit ned längs hennes kind. Freja och Roy kunde inte bry sig mindre.

Deras predikament var väl ingen nyhet.

»De är döda, eller hur?« frågade Amina.

»Beror på vad du menar med döda,« sa Roy glatt. »Om de får käka kanske de vaknar upp igen.«

»Låt dem vila,« sa Freja.

Roy verkade rätt munter över det hela. Ett leende utbrett över hans läppar. »Allt är inte som det verkar.« Han talade med en viss entusiasm i sin röst. »Visst, det är förfärligt att vi faktiskt befinner oss här, men när allt kommer omkring, så är det bäst att bara gilla läget.«

»Är ni inte rädda?«

»Tvärtom, vi ser fram emot det!«

»Tala för dig själv,« sa Freja. »Jag längtar då inte tillbaka till den där världen.«

Roy la sin hand på sin systers axel. »Freja, du vet mycket väl att vi inte hör hemma här.«

»Och? Vi hör inte hemma där heller.«

»Nej, men vi kan avsluta det hela. Vi kan dö.«

»Kan ni inte fortsätta leva?« frågade Amina. »Det finns ju gott om serum där nere.«

»Världen skulle inte tolerera oss,« sa Roy. »Människor kommer alltid att skrämmas av det de inte förstår och rädda människor är hänsynslösa människor.«

Roy öppnade dörren till vardagsrummet. Några av dockorna och vålnaderna hade funnit sin väg in för att vila i soffan. En av de ansiktslösa satt med en bok uppslagen i sin famn. Inte kunde väl han läsa?

Definitivt inte nu.

Roy som smått sprang genom rummet. En bra bit före Freja såväl som Amina. En del av honom ville säkerligen springa ut i världen och lämna denna ruttna plats bakom. Hur mycket han än försökte lura sig själv. Såsom han hade slagits, det gjordes inte utan vilja och där det finns vilja, finns det liv. Den mänskliga delen inom honom ville inte avsluta sitt liv. Brinna upp med den borg som hade varit hans fängelse så länge.

En människa måste värdera sitt liv högre än så.

Roy skyndade sig igenom huvudhallen.

Amina och Freja gick i deras egna tempo. Roy öppnade ytterdörren som de kom fram. Luften utomhus var kall. Tallarna och granarna såg ytterst obekväma ut. Som att de hade sträckt på sig, men samtidigt säckat ihop. De påminde om ett annat sorts träd Amina nyligen bevittnat.

»Så... är det här farväl?« frågade Amina.

»Vi kan följa med dig en bit på vägen,« sa Roy. »Se till att Gabriel inte lurar kring hörnet.«

Bakom sig stängde Roy dörren och kollade på sin syster. Hennes blick fäst vid skyn, vilken av punkterna hon än tittade på, inget av ljusen var äkta. »De kommer inte låta oss lämna denna värld.«

»Vi kan iallafall försöka,« sa Roy som han tog ett par steg nedför stigen.

Freja stod kvar och stirrade upp mot himlen.

Amina tog tag om hennes hand. »Var inte rädd, era liv behöver inte vara över. Det finns fortfarande hopp.«

»Vad snackar du om? Vi gör exakt som de vill. Änglarna omger oss. Det är ingen fråga om saken. Allt enligt deras plan.«

»De vet inte vem de har att göra med,« sa Amina. »Jag ska förinta dem. Freja, följ med så ska du få se!«

»Hur tänker du göra det? Hugga dem med kniven?

Amina tog upp kristallen ur hennes väska. Dess änder sylvassa, lena som silke. Dess utomjordiska innehåll sög upp det falska ljuset som jord absorberar vatten.

»Vad är det där?« frågade Freja.

»Jag vet inte riktigt, men den innehåller ett ämne som kan skaka universums självaste grund!«

Freja var språklös. Hon tog ett steg framåt och tittade ned längs vägen. Ett leende breddes ut över hennes läppar som tanken gick genom hennes huvud. Kanske det här faktiskt betydde slutet. Inte för henne och Roy. Slutet för Gabriel och Dzakar. Slutet alla de grodor, paddor och demoner som hemsökt hennes sinne.

Freja gick bort från dörren, ned till sin bror.

13.

Det närliggande fältet var en exceptionellt bra plats att observera stjärnorna. Ibland på sömnlösa nätter smög Amina ut. Gick ned till en duglig plats i gräset och beskådade den enorma pjäs av ljus som utspelades.

Aldrig hade stjärnorna varit så vid liv som de var nu.

»Hur långt är det till Hälsing?« frågade Freja som de skyndade sig nedför stigen.

»Rätt så långt,« sa Amina. »Vi måste gå ett par timmar för att ta oss dit.«

»Vidrig håla,« sa Roy. »En stad fylld med kräk.«

»Äsch, det finns bra människor där med,« sa Freja.

»Så länge de ej förintar liven på sina medmänniskor. Hur hemska kan de vara?« frågade Amina. Efter att ha lämnat den värsta människan de skulle ha oturen att träffa. Hur kunde de prata om vanliga människor som att de vore noll?

»Din far är i en klass helt för sig själv,« sa Roy. »Det betyder inte att alla andra människor är helgon, du kommer få se själv. Det finns folk där ute som skulle sälja sina egna barn för en flaska sprit.«

»Tror jag knappast.«

»Du har inte träffat våran morsa.« sa Roy.

De var så inne i deras diskussion att de inte ens såg den långa skepnaden längre fram. Håret i ansiktet, hans smutsiga kostym.

Freja kunde utan problem se konturen av hans kropp i det röda ljuset. »Vänd om!« skrek hon.

Ingen tid att tänka efter, så fort de kunde sprang trion tillbaka mot bostaden. Högst uppe i tornet var ljuset tänt. Det var tydligt vems röst som för så många timmar sedan hade sagt åt Amina att försvinna. En mörk och raspig röst med en nasal ton.

Dzakar var fortfarande kvar i deras närhet.

Amina kände lukten av hans vidriga ande.

»Du sa att du skulle förgöra dem!« sa Freja som de sprang. »Kristallen, varför använder du den inte?«

Amina höll den i sin hand. Desto längre hon höll det tunga objektet ute i luften, under de röda punkternas sken. Desto mer intensivt blev ljuset kristallen avsände, ändå hade den blivit avsevärt kall.

Tydliga ljud hördes från skogen både till vänster och höger om dem. Ett vardagligt ljud, det kunde mycket väl vara vinden, men inte denna afton. Luften hade varit stilla från deras första steg ut ur huset.

Den molnfria himlen och de röda punkterna. Amina hade inte blivit förd till sitt hem. Det var en till av änglarnas världar. En plats där varken natt eller dag existerade. Amina skulle inte ens bli förvånad om jätten kom tillbaka och kräktes upp den falska stjärnan. Var än Amina befann sig, en varelse stod bakom det hela. Genom att förinta Gabriel kunde hon avsluta allt!

Amina stannade tvärt till.

Freja och Roy fortsatte ett par meter innan de hann reagera. »Varför stannar du för?« frågade Freja ilsket.

Båda dockorna var helt fokuserade på Amina. Ingen av dem såg hur deras jägare angrep. Som ett rovdjur hade han strukit omkring i mörkret, väntandes på rätt tillfälle. Inte den demon Amina hade hoppats. Dzakar kom som ett rusande tåg. Han tacklade Freja åt sidan, hon slog i marken utan stöd från sin brutna arm. Dzakar fortsatte med att lyfta upp Roy, hans händer som två klor kring den enögde pojkens strupe.

Amina la undan kristallen och tog ett steg fram.

»Släpp honom! Jag följer med.«

Om hon ville, kunde Amina klättra upp på demonen och placera kristallen rakt i demonens huvud. Ingenting annat skulle duga. Kristallens ljus hörde ihop med Dzakars juvelögon, men det var inte demonen Amina var ute efter. Dzakar var endast den riktiga bovens hund, skickad för att ta tillbaka sin mästares byte.

»Vad ni än vill av mig, jag gör det,« sa Amina. »Jag dödar honom, bara lämna mina vänner ifred!«

»Din fega satunge.« Dzakar släppte taget om Roy. »Som du vill.«

Ned mot marken, som en trasdocka föll Roy. Han reste sig upp och vrålade mot demonen. »Du får inte ta henne. Hon är ingen leksak, hon är en människa!«

Dzakar fnissade. »Ett odugligt argument.« Demonen böjde sig ned och nöp till Roy i kinden innan han puttade den enögde pojken åt sidan, bort mot sin syster. Dzakar rykte tag i Aminas arm och gick tillbaka mot bostaden. Hans grepp kring hennes vrist hindrade henne från att snubbla, men det kändes som att han höll på att dra bort hennes lem.

Amina skyndade sig.

Om inte för sin egen skull, för Freja och Roy.

Deras liv skulle inte sluta som Jons och Roberts.

»Varför har ni invaderat våran värld?« frågade Amina. »Vad har vi gjort för att förtjäna det här?

»Har du inte förstått det än?« frågade Dzakar. »Vi är här för att ni människor har syndat alldeles för länge. Ni slukar upp eran värld och skiter ut tragedi och misär. Vi är här så att ordning kan återvända. För att se till att eran jord överlever eran respektlösa vistelse.«

»Så ni är här som ett straff, skickade från gud?«

»Det finns större krafter i universum än era gudar.« Dzakar släppte taget om Amina. Han förstod att hon inte skulle springa iväg. »Lilla flicka, titta upp mot himlen. Säg mig, vad ser dina ögonstenar?«

Amina stannade, med Dzakars tillåtelse lutade hon huvudet bakåt och tittade upp mot himlen. Punkterna av rött ljus hade multipliceras, tusentals av dem dansade omkring med varandra. Röda stjärnor, de hade invaderat himmelen. Rövat bort månen och solen för få rum till deras spel.

Amina tittade på Dzakar. Juvelerna intryckta i hans skalle lyste som demonen diskuterade sin verkliga natur med henne. För första gången fick hon se demonen fri från skuggan av ilska och av hat.

»Vi svarar inte för någon annan än stjärnorna själva. Hur många liv vi än förstör i våran väg. Inte förrän vi utrotat varenda spår av eran existens är vi klara.«

Igen grep demonen tag om Aminas arm.

För ett ögonblick hade hon nästan funnit en känsla för sin kidnappare. Dzakar var dock villig att blotta sina riktiga färger. Minnena av vad han gjort kom tillbaka.

Efter en kort promenad var de nästan vid bostaden. Dzakar ökade tempot. Han tog tag om Aminas kropp och lyfte upp henne över sin axel. Som ett stycke kött hängde Amina ned bakom demonens skalle.

Skrattretande vilka möjligheter ödet la i hennes väg. Vad enkelt det vore att bara köra in kristallen i demonens bakhuvud, bränna bort vad än för sjukligt som fanns där inne. Utan svårigheter kunde Amina nå kristallen från sin position. Hon kunde avsluta Dzakars existens, men hon hade bara en kristall.

Luften var obehagligt stilla, men fortfarande hördes ljud från skogen som omgav husets framsida. Det fanns många fler demoner där ute. Amina fokuserade sin syn och såg två utav dem. Springandes fram i samma fart som Dzakar.

Som de slutligen nådde altanen satte han ned Amina.

»Rör på dig. Jag tänker inte längre plågas av din närvaro.« Dzakar tittade mot ytterdörren.

»Vad vill ni att jag ska göra?« frågade Amina.

»Du vet mycket väl. Upp till tornet med dig.«

»Vad kommer ni göra med Roy och Freja?«

»Förutsatt att de kommer tillbaka.« Dzakar slickade sig om läpparna. »Jag antar att din far kommer vilja ha dem när han är klar med dig.«

»De kommer inte tillbaka. De kommer hitta någon människa att berätta för. Hela världen kommer få veta vad ni har gjort!«

Högre än någonsin tidigare, likt ett litet barn. Dzakar skrattade så högt att varenda demon omkring dem kunde höra. »Hur långt de än springer. Bortom denna skog finns bara mer skog. Hela vägen bort till oändligheten sträcker sig denna illusion.«

»Du ljuger!« tjöt Amina.

Dzakar suckade. »Jag trodde du förstod, men återigen tycks Gabriel ha överskattat dig.«

»Vänta du bara!« vrålade Amina. »Jag ska förgöra dig och alla dina demoniska vänner!«

Dzakar tvingade fram ett litet fniss. Han hade blivit bättre på det. Jämfört med den lama imitation som hade hemsökt hennes skalle lät han nästan mänsklig nu.

»Behåll din ilska till din far, flicka lilla,« sa Dzakar. »Vi kommer att träffas snart igen. Hur förutsättningarna är, det är upp till dig.«

För en sekund stod Amina och såg på hur Dzakar vände om och gick ut i skogen. Freja och Roy var fortfarande där ute. Om de sprang iväg skulle dem för alltid vara vilsna i denna oändliga värld. Ifall de kom tillbaka så var demonerna redo för dem.

Amina öppnade ytterdörren och tog ett steg in i sitt gamla hem. Hallen var tystare än någonsin tidigare.

Inte ens på natten, när far och Maria arbetade nere i källaren var det såhär tyst. Det fanns alltid något ljud i bakgrunden.

Amina gick upp för trappan, förbi korridoren som ledde till hennes rum, vidare upp till den tredje våningen, och så slutligen till tornet. Den gamla dörren gnisslade som hon öppnade.

Ingenting hade förändrats med spiraltrappan. Lika mörkt som alltid, det som hade förändrats var Aminas perspektiv. Mörkret var ingenting. Det som dolde sig bakom mörkret var det farliga.

Luckan upp till rummet högst upp var tung, men Amina var stark. Hon slog upp luckan och klättrade upp för stegen. Altaret nere i kapellet sträckte sig hela vägen hit, som ett träd gjort av sten. Dess rötter nere i kapellet, dess krona bland molnen. Trädet hade alltid varit här. När än hennes föräldrar pratade om husets historia så hade de nämnt prinsar och prinsessor, om förgångna tider då ära och heder fortfarande rådde.

De hade aldrig nämnt något altare.

Vid stenträdets krona, i ögonhöjd med henne själv fann Amina samma treuddiga stjärna hon sett ingraverat på så många ställen i laboratoriet. Symbolen utsöndrade samma hemska ljus som de röda punkterna. Överallt hon gick verkade det följa med henne.

Om hon bara kunde hitta dess källa.

Gabriel var hennes bästa chans.

Nedifrån spiraltrappan, ljudet av hur far äntligen hade kommit ikapp. Tunga steg och lika tunga andetag, det skulle ta honom en minut att komma upp för trappan.

Amina ställde sig så långt in i det trånga rummet som möjligt, hon letade rätt på sin kniv, men lät den ligga kvar i väskan. Om far kunde bli övertalad till att ge upp, det var en chans hon inte skulle missa. Aldrig skulle hon tillåta honom fortsätta på sin destruktiva väg.

Hans öde var redan bestämt. Men om hon kunde få honom på sin sida, få honom att förstå vad han gjort.

Stegen från trappan blev allt högre. Amina slöt ihop sina händer och tog ett djupt andetag.

Där var han. Fullkomligt sönderslagen. Hans vita rock täckt av gröngul sörja och mörkrött blod. Ur skottskadan Amina utdelat i hans ben hade han förlorat en oerhörd mängd blod, men någon hade förhindrat honom från att gå vidare.

»God morgon far,« sa Amina.

Från sin ficka tog han upp sin spruta.

Eländiga gamle gubbe alltså.

Hon tog upp sin kniv, sitt pålitliga svärd.

»Släpp sprutan!« vrålade Amina.

Far brydde sig inte, han tog ett steg närmare.

»Gud är på min sida,« muttrade han som han med sin fria hand tog tag om Aminas skadade arm.

Hon ryckte ifrån och högg till. Inte alls något kraftigt slag, svärdet bröt knappt huden omkring hans inälvor. Icke desto mindre, ännu mer blod rann ned längs insidan av hans labbrock. Den röda färgen förstärkt av det snuskiga ljuset.

»Amina...« muttrade far. »Min dotter...«

Med betydligt mer kraft högg Amina till igen. Inget återvändo nu, hon kände blodet flöda ju längre in hon tryckte kniven. Far greppade tag om sin stjärnkikare för att hålla sig själv på två ben, men han hade förlorat för mycket blod. Först kulan och nu det här.

Amina ryckte ut kniven, far föll ned på knä.

»Så är det här slutet?« hostade han fram.

»Vad trodde du skulle hända? Trodde du jag stod här och viftade med kniven för nöjes skull?«

»Allt skulle varit så perfekt...«

»Det är ditt eget fel!«

På knä svajade han från höger till vänster. »Du har blivit så stor... din mor skulle varit så stolt...« Hans kropp klarade inte mer, i en väldig duns slog han ned på golvet. Ögonen fixerade på sin dotter.

Tyst, stilla och utan tvekan död.

Blicken ville han då inte släppa. En vardaglig sorts blick målad i en helt ny känsla. Samma sorts känsla som klädde Marias sista ögonblick i denna värld. Besviken, men samtidigt skräckslagen. En sorts färg som endast existerade hos de människor vars liv blivit berövade av dem de älskar mest. Amina ville verkligen fälla en tår eller två, men ingenting kom ut. Hennes tårkanaler var så torra som de någonsin skulle vara. Om något kände hon sig bara ilsken, förtvivlad och förbannad.

Ilsken för att hon inte var ledsen.

Förtvivlad för hon ej hade kontroll.

Förbannad. Det hade hon varit sedan begynnelsen, sedan innan hon var född.

Hela Aminas liv hade lidit upp till denna händelse. Antagligen kände sig demonerna djävligt nöjda nu. De hade lurat hennes familj till att ta död på varandra och nu var det bara hennes tur kvar.

Amina lyfte upp sina armar ovanför sitt huvud. Rörelsen fick hennes sår att bulta. Smärtan spred sig genom hennes kropp. Hon använde sig av energin.

»Dzakar din djävul! Här kommer jag!«

Amina hoppade nedför stegen och sprang nedför den långa spiraltrappan. Hennes ben vek sig ett antal gånger, smärtan höll henne från att falla. Ifall demonerna var kvar i hennes huvud skulle de känna hur Amina kom springande. Determinerad att inte bara avsluta deras patetiska ursäkter till liv.

Amina skulle förgöra hela deras meningslösa värld.

Hon nådde botten genom att kollidera med golvet. Händerna först, hennes skadade arm ville separera från hennes kropp. Upp på sina fötter, fokuserad på sitt mål. Nu fanns endast hämnd kvar att avtjäna. De skulle alla få betala. Amina kutade igenom den tredje våningen och tumlade nedför den andra trappan.

Hela huset var målad i en illröd skara. Från golvet och väggarna till tavlorna och porträtten på Aminas släktingar. Oavsett vilken nyans, ljus eller mörk. Snart skulle hon föra tillbaka världen till den grå skala Amina var van vid. Snabbt igenom huvudhallen, som hon nådde ytterdörren klingade Dzakars röst i hennes huvud. »Kom till vardagsrummet, du behöver inte springa.«

Amina gjorde som han sa, men hon saktade inte ned.

Före hon öppnade dörren tog Amina fram sitt nya vapen, sin skinande kristall. Bara att ha den i sin väska gav henne makt. Att hålla den i sin hand, att få känna hur kristallen släppte lös sin övernaturliga kraft. Ingenting kunde stoppa henne nu.

Hon höll sitt vapen ovanför sitt huvud samtidigt som hon slog upp dörren. Freja och Roy var tillbaka, de satt ned i soffan.

Amina störtade in. Roy flög upp på sina fötter, men Dzakar knuffade ned honom. Två andra demoner var där, den ena kort och muskulös. Samma demon som hade spelat rollen av fars assistent i skådespelet tidigare. Den andra var lång och oerhört hårig, till och med hårigare än Dzakar. De hade alla på sig likadana kostymer och alla med likadana juveler intryckta i skallen. Amina höll kristallen framför sig. Deras blickar var alla fästa på henne. Deras oro, allt för tydlig.

»Lilla flicka, var försiktig,« sa Dzakar. »Du har inte en aning om vad du håller i din hand.«

Amina frigav ett skratt. Inte ett inövat, demoniskt läte. Från botten av hennes hjärta, ett mänskligt garv. Kristallen sken starkt, men jämfört med Aminas blick var den inget. Kristallen var endast ett verktyg,

Amina var det riktiga vapnet.

»Vad än min bror har sagt till dig, lyssna inte!« Trots hans lugna beteende. Amina hörde skräcken i Dzakars röst. Hon tonade ned sitt skratt och tog ett sista andetag innan hon anföll. Som en solstråle, Amina flög på den närmaste demonen. Kort, inte alls så mycket längre än henne själv.

Han försökte kämpa mot. Enormt stark, ifall demonen fick chansen skulle han lätt kunnat krossa henne i sin famn, men Amina var snabbare.

Endast ett mål i åtanke, den punkt där Maria lärt henne att sikta.

Rakt i demonens kranium placerade Amina kristallen.

I en implosion kollapsade demonens skalle.

Kroppen föll bakåt och ur hans ögonhålor föll två juveler som vittrade bort i luften.

Aminas vänner var snabba upp på deras fötter. Roy placerade ett slag mot Dzakars buk, men lyckades endast skada sig själv.

Dzakar tog tag i Roy och Freja. Han kastade dem åt sidan och vände sin uppmärksamhet tillbaka mot Amina. »Det behöver inte sluta såhär. Du har ett val, släpp stenen och sätt dig ned!«

Amina hörde knappt vad han sa.

Ännu mindre kunde hon släppa sitt vapen.

Som kristallen hade krossat den första demonens skalle gjorde den ett högt pipande ljud. Den ständigt skiftande temperaturen spred sig genom Aminas kropp.

Kristallen hade blivit ett med hennes arm.

Inte längre var det ett objekt hon höll i sin hand.

Det var en stråle av ljus hon kunde använda för att klyva ned dem alla. Den långa, håriga demonen stod på tur. Sakta gick han fram mot henne, med sina händer framför sig.

Ett tecken av undergivenhet?

Ytterst idiotiskt.

Amina sprang fram och högg av bägge demonens armar innan hon högg honom mitt itu. Ljuset skar igenom hans midja som demonen vore en kokt potatis.

Amina såg inte hur Dzakar flugit på henne. Faktum var att hon inte såg någonting alls. Hela världen hade blivit reducerad till ett ljus. Dzakar försökte bekämpa henne, han tog tag om hennes armar, men lyckades endast bränna bort sina egna.

Han tog två steg bakåt och försökte fly.

Amina skulle inte tillåta honom. Hon sträckte på sig och lyckades fånga upp hela hans kropp. Två punkter av illrött ljus hade anknutit sig till henne, de slukades upp och blev tillintetgjort av Aminas lyster.

Bortom det ständigt växande, visslande ljudet hörde Amina två familjära röster.

»Vad gör du Amina?«

»Kom tillbaka!«

Deras skrik växte sig högre och alltmer hysteriska. Rädslan i deras röster hade växlat till en mer smärtsam karaktär. De ropade inte längre, de bara tjöt.

I sina armar och ben kände Amina hur hon växte. Hon slukade upp hela världen omkring sig. Hennes vänner var blott ett mellanmål. Det kolossala ljuset hade inom kort blivit större än huset och inget pekade på att Amina skulle sluta expandera. Hennes tankar och känslor existerade inte längre. Hon var inte det minsta ledsen över vad som precis hänt hennes vänner.

En omöjlighet att föreställa sig något annat än ljuset.

Som hon var beredd att ge upp sitt liv till ljuset var det en kraft som drog henne åt sidan.

En kraft som höll henne från att drunkna.

En kraft som drog henne över ytan, bort från ljuset.

Ett oändligt stort rum hade öppnats upp. Mot en mörk bakgrund stod han, tillsynes ståendes på ingenting. Ljuset reflekterades i hans ögonjuveler.

Gabriel hade kommit för att möta henne.

»Min unga dam, du har kommit så långt, men ännu har din färd endast börjat.« Hans röst ekade genom rummet och med det kom Aminas känslor tillbaka som en flodvåg av ångest. Amina hade dödat dem alla. Far, Dzakar, Roy och Freja.

De hade alla dött så att hon kunde stå här.

Ansikte mot ansikte med det riktiga monstret.

»Jag förintade dina vänner,« sa Amina lugnt. »Och jag tänker inte sluta förrns jag är klar med dig!«

Ett blygt leende breddes ut över Gabriels läppar. »Ingen människa är beredd på att gå längre än den som förlorat allt. Jag måste erkänna, vi är glada över att ha dig här med oss.«

»Glada? Hoppas du är glad över vad som hände med Dzakar. Vänta du bara, jag ska göra detsamma med dig!«

»Vissa av mina bröder och systrar var skeptiska till ditt lyster. Du motbevisade allt deras tvivel på ett minst sagt, spektakulärt vis.«

»Den där kristallen... det där ljuset...«

»Vad som hänt och vad som inte har hänt. Ingenting är av betydelse längre. Min unga dam, vänd dig om. Jag trodde du skulle vara glad över att se din vän.«

Amina gjorde som han sa och tog en snabb blick bakåt. Ljuset hade utvecklats till en gigantisk glob.

För alltid brinnande. Solen var tillbaka.

För evigt vakande över sitt kära barn.

»Solen, vad fan är det för plats vi befinner oss?«

»Svär inte, det passar inte dig. Inte heller har rummet en betydelse. Det viktiga är att du funnit din väg hem.«

Från sin ficka tog Gabriel fram en liten juvel.

En grönblå kula nedslipad till perfekta proportioner. Kulan absorberade ljuset från solen och avgav sitt eget. Han räckte över juvelen till Amina.

»Jag vill be om ursäkt för allt jag tvingat dig genom. En dag kommer du förstå att allt var för det bästa.«

Som Amina tog på juvelen blev den smutsig. Överallt kring den grönblå massan hade grå fläckar tagit form och ju längre hon höll i den, ju mer ojämn blev ytan. Amina slöt sin hand kring juvelen. Hon kände hur hon med lätthet kunde krossa kulan om hon så ville.

De grå formationerna täckte nu hela juvelen.

Amina försökte med sina naglar skrapa bort fläckarna, men hon lyckades endast smutsa ned kulan ännu mer.

»Ta vara på juvelen. Tillåt ingen ta den ifrån dig.«

Som hon åter tittade upp var Gabriel inte längre där.

14.

Efter en lång färd hade Josefin hittat rätt. Tanten hade sagt åt henne att följa vägen så gott det gick, när hon såg tornet visste Josefin att hade hon kommit fram.

Resan dit hade varit lång och skulle tagit på krafterna hos även de starkaste av människor. Ännu mer för Josefin, gravid i åttonde månaden och såpass undernärd att hon undrade ifall barnet inom henne fortfarande var vid liv. Hennes hår var slitet och hennes kläder hade hon inte bytt eller tvättat på flera veckor. Det stod tydligt att hon inte hade några pengar, men här spelade det ingen roll.

På Lucias klinik var alla människor välkomna. Belägget en bra bit utanför staden Hälsing. Som hon kom fram till den röda tegelbyggnaden växte sig tvivlet starkare - tänk om de inte skulle acceptera henne?

Josefin tog en sekund innan hon uppbådade mod nog att gå fram till ytterdörren för att knacka på. Ingen kom för att öppna, hon försökte en andra gång och i snabb följd, ett tredje försök.

En mager kvinna med gråblek hy och brunt hår kom för att öppna. Josefin undrade ifall kvinnan var sjuk, det var ju trots allt ett sjukhus.

»Kan jag hjälpa er?« frågade kvinnan.

»Mitt namn är Josefin. Jag vet inte om jag har kommit rätt, är det här Lucias klinik?«

»Alldeles korrekt, söker du vård?«

»Ja, men jag kan ej betala för mig.«

Kvinnan log mot Josefin. »Oroa dig inte över det, pengar har inget värde här.«

Den gråbleka kvinnan tog ett steg åt sidan och gestikulerade med händerna att Josefin skulle komma in. »Välkommen, doktorn kommer alldeles strax.«

Josefin klev in, den gråbleka kvinnan stängde dörren efter henne och pekade på en stol placerad i väntesalen. »Sätt dig ned och vila. Jag ska se till att du får lite mat i dig. Du är på tok för mager för någon i ditt tillstånd.«

Att få i sig någonting att äta lät då inte helt fel.

Blotta tanken fick hennes mun att vattnas.

Josefin gav den gråbleka kvinnan en osäker blick och tryckte fram ett enstaka ord. »Tack.«

Hon satte sig ned på stolen medan sjuksystern försvann in i ett annat rum.

Josefin behövde inte vänta länge innan systern kom tillbaka. »Följ med till matsalen förresten. Inte ska du behöva sitta här helt ensam.«

Blint följde Josefin efter denna vänliga människa.

De gick igenom vad som måste ha varit ett av patienternas rum. Två sängar var placerade på vardera sida av rummet, bäddade i blå lakan. På väggarna hängde en rad olika avbildningar av vad som tycktes vara grönblå flammor. Rummet var utrustat med en drös olika verktyg. Däribland en stor maskin, vars syn fick barnet i Josefins mage att sparka till. En maskin bestyckad med jättelika kanyler, en elektrisk pump och två slangar som sträckte sig hela vägen ned till golvet.

De gick vidare till nästa rum.

En matsal möblerat med ett stort bord och ett dussintal stolar. En skallig man satt och läste i en bok.

»Sätt dig ned och ta det lugnt. Jag kommer snart tillbaka,« sa sjuksystern och gick igenom en glasdörr till vad som såg ut att vara ett kök. Josefin gjorde som sjuksystern sa och satte sig på en stol mittemot mannen. Han bara satt där och läste sin bok.

Josefin satt och stirrade ned i sina händer.

De bytte inte ett endaste ord.

Efter ett par minuter kom systern tillbaka, bärandes på en tallrik mat och ett glas vatten. »Doktorn är helt galen i fisk och potatis. Hoppas du finner matlagningen aptitligt, några av våra yngre patienter har lagat den.« På tallriken hade hon skurit upp en stor bit potatisgratäng tillsammans med några skivor rökt fisk.

»Det här ser jättegott ut,« sa Josefin och slängde i sig maten. Utsvulten, hon hade lätt fått i sig dubbla den portionen, men att fråga om mer verkade oartigt.

Systern hade dock läst Josefins tankar. Som hon åt upp den sista tuggan, kom sjuksystern ut med en lika stor portion. Genast skar Josefin upp den andra portionen, den här gången försökte hon visa mer hyfs i sitt förande. Omtänksamt skar hon upp varenda tugga.

Den skalliga mannen satt kvar och läste i sin bok. Utan att göra ett knyst, han verkade helt ointresserad av världen omkring honom. Sjuksystern satt på en stol vid sidan om honom. Lugnt satt hon och såg på som Josefin åt upp den andra portionen. Josefin tog en klunk vatten och tittade upp mot sjuksystern.

»Är något på tok?« frågade Josefin.

»Nej, inte alls. Det är bara trevligt att få se dig äta, du ser verkligen ut att behöva det.«

Josefin visste inte vad hon skulle tro. Det var inte som hon kunde klaga, men var sjuksystern verkligen tvungen att titta på henne sådär?

Dessa spöklika personer. Varför åt de inget själva?

»Kanske det är jag som borde fråga dig den frågan,« sa systern. »Du verkar nervös.«

»Snälla ursäkta mig, jag menar inte att var ohövlig.«

»Du har ingenting att be om ursäkt för. Säg mig vad är det som stör dig?«

Josefin tittade på mannen och så tillbaka mot systern. »Är ni sjuka eller nåt?«

»Vi var sjuka. Du förstår min bror här led av en livshotande sjukdom, om det inte vore för doktorn skulle han varit död. Inte sant?« Hon klappade till mannen på axeln.

Han muttrade fram några svordomar. Josefin kunde inte höra vad han sa. Säkerligen inte något av värde.

»Och jag var så gott som död när doktorn fann mig. Vi har båda våra liv att tacka för. Hon är en underbar människa. Josefin, du har ingenting att oroa dig över. Var bara glad att du äntligen hittat hem.«

Hem. Det här var inte Josefins hem. Hon hade inget hem och med ett barn på väg, hur skulle hon någonsin rätta till sitt liv?

Hon lyfte upp glaset för att ta en till klunk vatten, men tappade genast ned det mot bordet. Glaset rullade vidare ned på golvet och gick i tusen bitar.

Alltför snabbt reste sig Josefin för att städa upp oredan. Världen blev dimmig, hon tog ett andetag och föll. Liggandes i en pöl av glasskärvor och vatten.

Systern handlade snabbt. Hon lyfte upp Josefins kropp. För att vara höggravid vägde flickans kropp alldeles för lite. Sjuksystern undrade ifall barnet inom Josefin ännu var vid liv. Det var för Amina att ta reda på. Hon bar den gravida flickans kropp in i köket och så ned till källaren. Hela vägen bort till operationssalen. Att bära omkring dessa kroppar var i sig tufft, men det var upp till doktorn att utföra det riktiga arbetet.

Systern la ned Josefins kropp på operationsbordet. Amina var redan där, fullt beredd på att rädda livet på ytterligare en vilsen själ.

»Ska jag förbereda transformatorn?« frågade systern.

»Inte än, vi måste se till att få fostret ut ur henne.« sa Amina som hon gick fram för att möta sin nya patient. »Hämta utrustningen för ett ingrepp.«

Systern gick iväg och lämnade Amina och Josefin ensamma i operationssalen. »Du kan inte ha haft ett lätt liv va?« viskade Amina.

Josefins kropp som skakade. Hennes ansiktsmuskler spända. I sin omedvetenhet mumlade flickan fram en fras som fick Amina att le. »Varför... gud... varför?«

»Sch,« Amina klappade omsorgsfullt om hennes hår. »Allting kommer bli bra nu.«

Josefins ögon slogs upp för att genast bli bemött av Aminas blick.

»Vem är du?« frågade Josefin.

»Mitt namn är Amina de la Croix. Jag är här för att hjälpa dig.«

»Mitt barn! Vad kommer att hända med honom? Snälla doktor. Se till att han hittar ett värdigt hem.«

»Hur kan du vara så säker på att det är en han?«

Tydligt att Josefin led av hysteri. Inte speciellt underligt. Amina skulle reagerat likadant ifall hon vaknade upp i en dunkel källarvåning med en okänd människa ovanför sig. »Var inte orolig. Vi ser till att ditt barn hamnar vid ett kärleksfullt hem.«

»Och vad om mig?« vrålade Josefin. »Gud vet att mitt liv redan är ett helvete.«

»Sch, min unga dam. Du ska veta att du är ett av universums barn.«